U0600472

浮世理髮館

{浮世理发馆}

Ukiyodoko
Shikitei Sanba

式亭三马
（日）

周作人——译

人生百态，庶民生活，尽在一池清水里，一张凳子上。

假如世上没有虚伪，那么来恳求说说谎话的戏作者的人也不会有了。

当一个人在评论另一个人时，往往是在解剖自己。

兽性与神性，合起来便只是人性。

人类的最大弱点之一是自命不凡的幻想。

人是喜群的，但他往往在人群中感到不可堪的寂寞，有如在庙会时挤在潮水般的人丛里，特别像是一片树叶，与一切绝缘而孤立着。

引　言

　　式亭三马的《浮世澡堂》与《浮世理发馆》，以及十返舍一九的《东海道徒步旅行》（原名《东海道中膝栗毛》），是日本江户时代的古典文学中"滑稽本"的代表著作。

　　《浮世澡堂》前年由我译出了前后两编共四卷，这回译成了《浮世理发馆》初二编共计五卷，其三编系别人续作，所以这里略去了。前回关于江户时代文学以及滑稽本的发生情形，略为加以说明，但也有当时忘记说及的，所以特加补说。这所说的就是所谓"气质物"。这种文学品种真是"古已有之"，希腊在公元前四百年的时候，已经有这种东西，这便是忒俄佛剌斯托斯 (Theophrastos)①，所著有《人品》(Karakteres) 一卷，凡三十篇，写各种不同的性格，著名后世。十七八世纪时传至欧洲，英法各国各有仿作，日本未必受过这种影响，同时有江岛其碛著有《世间儿子气质》及《世间女儿气质》等，为气质物著名的著作。其碛承井原西鹤的"浮世草纸"流派，改而写有种种特性的类型，江户的三马于作《浮世澡堂》的三年前即文化

————————————————

　　① 今译作狄奥弗拉斯图，或德奥弗拉斯多斯。

1

三年（一八〇六）作《酩酊气质》，以后接续作《四十八癖》，经一八一二至一八一八年共著四编，及此类尚多，可见作者于此事甚感兴趣，在《浮世澡堂》与《浮世理发馆》也便多用这种手法。其次是三马利用笑话做材料，在《浮世澡堂》题目横书"诨话"二字，自己表明这个关系，但是在那里边大抵使用"落语"的结构，使得各段都有一个着落，显出可笑来。但这里直接使用笑话做资料，例如第十二段"长六的猫"便是民间笑话之一了，又如第二一段的"女人的笑话"，乃是各个小笑话的集成，江户人喜欢弄这种文字的游戏，可是转译出来却是没有什么趣味了。《浮世理发馆》所写的只是来理发的客人，或是日常无事也来闲坐的闲汉，没有像澡堂里面出入的人花样繁多，男男女女，尽有好玩的事可以描写，因此未免显得有些单调，虽然理发馆里有主人鬓五郎，总是长在里边的，可以做一条线索，贯串到底，只是他毕竟是陪衬人物，不能担任主要的脚色①的。理发馆中没有女人小儿，这也使得减色不少，于是作者苦心安排，无中生有的②写出"婀娜文字""泷姑的乳母"和末节"女客阿袋"这三段文字来。此外又将社会上的杂事也拉到故事里来，如写巫婆关亡的情形，还有两场，一是写一只花狗，一是写被妖怪拐了去的老头子的。于了解特殊的风俗之外，也很有滑稽的风趣。初编卷中描写上方商人也是很着力的，这是江户戏作中的好材料，因为借此写江户工人与上方商人比武，结果是上方人出丑了，鬓五郎在这回的书上，总算卖了气力，替江户人争气的。本编中特别多有长篇的讲谈，显得颇少活泼之趣。如论"阿

---

① 脚色，今写作角色。
② 当时无"地"字的写法，后文同此。

2

柚的戒名"，差不多是作者对于一件事情的批评，但里边很有点独立的意见，不过借了钱右卫门的口来发表罢了。又"评论女人"这一段，在理发馆是常见的实事，因此可以说是适当的材料，但这却是受了上方文学的影响，西鹤在贞享三年（一六八六）著《好色五人女》，第三卷中有"姿色的关官"一节，叙说在京都四条河原的茶店的情形。这样的说来，那气质物的原祖也是上方的东西，那么在这一点上"江户前"的三马未免输了一手了。

文字的游戏是日本人所很喜欢的玩艺，而在滑稽本上面尤其是不能免的，因此翻译上也就特别觉得困难。但是既然担当了这个差使，也只有如俗语所说，有如"蛤蟆垫床脚"，竭力来支撑，而无如力不从心，未能加工得很漂亮，特别是注解原想减少，但结局还是不能办到，比起《浮世澡堂》来是有增无减，因为参考不够，有些风俗习惯还未能必要的予以释明，这是我对于自己的工作所感觉不满意的事。

一九五九年八月一日，译者。

3

目录

初编卷上

浮世的人情出现在浮世理发馆里，

一百样的发型，如一百样的人生。

柳发新话¹自序

尺有所短，寸有所长²，各物皆因其用以为利也。唐山³的剃头店，日本的理发馆⁴，和汉只是名称不同，人情却总是一样。时移世变，头发的风气随之。罂粟头的和尚⁵的发薄，以为雅而喜欢的毛唐人⁶，亦有以妈妈鬏⁷的毛厚，说是俗而讨厌它的日本人。和汉学问，各自有别。前日有位儒学先生，说什么都是邻家好，为唐山捧场，热心称赞大清⁸中华之余，多事的计算邻家的宝贝，为别国说夸大话。唐诗里的白发三千丈⁹，说因为国有那么的大，所以头发也长，仿佛是亲自看了来的那样解释。有人询问，无论说是人怎么大，到底也有个程度，那么假如额宽一尺，叫作眉间尺¹⁰一样，因为鬓阔四间，所以称闵子骞¹¹的吗？先生于是默然而止。旁边有国学者¹²在那里，想必他会引那长发姬¹³的故事，用我大御国的古事来历，及阿市的头发¹⁴环绕金山七匝的事，旁及童谣，来考订一番吧。不料乃出于意外，竟同聋子一样的不听见，到底是十分雄壮的大和魂，我皇朝的御国风也。但是，虽然如此，因为有考据癖，国学大人乃给我们开示曰，说卡米伊同者乃是卡米由伊登乃¹⁵之讹，又称作比州寺，因为羊

喜欢吃纸 ¹⁶ 之故，得非拘泥于汉籍的谬说欤。今按，比者日也，因为每日梳头的缘故，州者月字下略，因为梳头的钱在每月总算的缘故。那么寺字又是如何？其时先生一点儿都不惊慌 ¹⁷，说这虽然字母有点不同，因为每日梳头每月结账的客人很多，从早上直到晚上站着梳头，连没有痔疮的人也生了痔疮，以此乃称作比州寺的吧。又另一说法，这是干活的第一个字母志字。因想到头油满手，很是腌臜，即便是浊也，加上浊音点叭的打上，这就成了寺字了。这的确是意味深长的考证。一个人三十二个孔方 ¹⁸，各自有一种癖，浮世的人情出现在浮世理发馆里，有如聚会了一百个人，便有一百样的发型以及人情。有乐屋银杏 ¹⁹ 的长，也有莲悬本田的短，所谓尺有所短，寸有所长。各因其利以为用也。在等候一个头梳完的凳子上，想到了趣向之一端，拿各人的长短情谭，写其声音以发一笑，这是众所周知的戏作者的居心。在下才短，却写此长故事的小册子，姑且润秃笔的毫毛，先想拿剃刀来试一下子。维时文化八年 ²⁰ 辛未皋月十日，在理发馆闷坐等着的时间，以本町延寿丹 ²¹ 及江户水的两种贾客的身份，式亭三马戏题。

【注解】

〔1〕此书原题于书名之上，有双行小字曰"柳发新话"，这里题云"柳发新话自序"。柳发出典见于"和汉朗咏集"卷上早春项下，原诗题曰春暖，系都良香所作，诗曰："气霁风梳新

柳发，冰消波洗旧苔须。"都良香系日本九世纪中叶时人，工诗文，官文章博士。

〔2〕见《楚辞·卜居》中，原文云："尺有所短，寸有所长，物有所不足，知有所不明。"

〔3〕日本旧时称中国为唐山，今华侨尚有自称为唐山者。

〔4〕理发馆系沿用新名词，原文云发结床，明朝人称为篦头铺，意义正相合，唯因时代隔绝，故未便应用。

〔5〕罂粟头指前清时男子剃发，中留顶搭，其形与罂粟相似。和尚系轻蔑的称呼。

〔6〕毛唐人本系对于西洋人的侮辱的名称，但此处则仍是说中国人，毛唐人言唐人之有毛者。其实外国人并不喜欢发薄，但江户人有此怪癖，观浮世绘所画的女人皆毛发稀薄，可以见之，三马这里特借毛唐加以嘲讽。

〔7〕妈妈鬟儿见初编卷上二节注〔6〕，18页。

〔8〕三马此书成于文化十年，即清嘉庆十八年，故如此说。

〔9〕李白《秋浦歌》：白发三千丈，缘愁似个长。不知明镜里，何处得秋霜。

〔10〕眉间尺的故事见鲁迅的《故事新编》中《铸剑》中，原题名《眉间尺》。

〔11〕闵子骞日本音读与"鬓四间"相同，即言鬓阔一丈二尺。

〔12〕国学者即专门研究本国事情的学者，三马于此亦大加嘲讽，不下于迂腐的汉学家。

〔13〕长发姬见《古事记》第一四九段，应神天皇慕姬美名，

遣使往迎，太子大雀命请于天皇，愿得姬为妻，天皇不得已赋诗而许之。

〔14〕阿市系民间俗歌的一种，因为唱的多属妇女小儿，故云童谣。

〔15〕卡米由伊登乃日本语云发结殿，即是理发处。

〔16〕比州寺亦训作绵羊，因为羊喜欢吃纸，也可解作羊梳头发，全是文字的游戏。

〔17〕见初编卷上五节注〔36〕，55页。

〔18〕此为梳头的代价。

〔19〕乐屋银杏系妇女所梳的头，银杏返作两髻，左右各作半圈，乐屋犹言后台，髻更较低。本田髻则男子的头，由本多家的武士创始，故名，其后通作本田，发式甚为时髦，有种种名称，莲悬亦其一种，莲悬训作斜，其样式不详。

〔20〕文化八年为公元一八一一年。

〔21〕三马于著作之外兼营商业，为京都田中宗悦经售延寿丹，又制江户水发售，为化妆水之一种。

一　理发馆所在

大道笔直[1]，理发馆就在十字街的中间，恰与"浮世澡堂"[2]相邻，名称"浮世理发馆"，一丈二尺的门口，装着齐腰的涂油的纸门[3]，用头油糊口[4]的浮世的写法，无缘无故写作飞白，用了灯笼店的"永字八法"[5]。另外一面，就是市房杂院[6]的小胡同。且说那入口的模样吧。

大峰山的小先达们[7]，忏悔忏悔的梵天[8]，虽经雨淋日晒，而精神犹存[9]。小松川的大把菜，油菜油菜的成担挑卖，虽经霜雪无损，表示言无几价，殊不知只值半价而已。一朵花三文钱，假话八百[10]，桂庵[11]介绍所的媒事的商谈，保证的笔墨，哪个是打诨不是打诨[12]，御町便小使无用的招贴[13]，哪个是错误不是错误。为的求伸的尺蠖之屈[14]的方丈斗室，却用宋朝字体题作"寓舍"[15]，乃是当时的小儒先生。渴不汲盗泉的水店的水，不居胜母之里[16]，可是移家于亲子打架的间壁，其犹卜卦者正当《易经》之所谓山雷颐[17]的卦象欤，十有八变，广告上笔划很粗的写着，可不是说的迁移的次数吗？本道[18]外科排列着写的"也是"大夫[19]的招牌，本朝字体想起刀圭[20]的样子，

"连同房内构造一起出卖"，满纸写的招贴是房东的"书法正传"[21]，为人的规规矩矩可以想见。针灸的招牌，稍为偏左[22]，浆糊[23]出卖的广告，正是滚圆。或为四角的狗洞，或为三角的响板[24]，有弹的三弦的稽古所，也有吹的尺八[25]的指南所，士农工商混杂一起，八百万[26]户的借住人家。神道家因为房租的高天原[27]，以三十日的大祓为苦，释氏则如是我闻[28]的，要遵守各家一定的规则。再是一家家的去看，有的长久做了浪人[29]，把宿昔青云的阶梯，已经同路旁沟板踏失了脚[30]，可是还总是松柏长青。写着"高砂婆婆"[31]的稳婆，就是名称也觉得是吉祥。盆栽的松树因了寒气而萎缩，虽然难保千年的寿，可是在那板窗[32]旁边也不知经过几代了吧。在荣枯贫富种种情形之中，出现来的乃是一个安乐的隐居老人，穿着纸衣外褂，戴着圆顶头巾[33]，从胡同里走了出来。

【注解】

〔1〕利用唐朝储光羲句"大道直如发，春日佳气多"，引起下文的"发"字。

〔2〕表示《浮世理发馆》的著作与《浮世澡堂》相关联，故将此二者连在一起。

〔3〕一丈二尺指入口狭隘，齐腰的纸门系临街的门，下半用木板，仅上半用格子糊纸，或为经久计，纸上涂桐油。

〔4〕日本旧时，男子皆梳髻，须用头油，故因油字引起糊口字样。

〔5〕"永字八法"系旧时习字规则，因永字具备八种点划。飞白为一种镂空的笔划，近似空心字体，日本灯笼店善于用各种字体题字。

〔6〕市房原文云"长家"，谓接连的构造，但亦各为门户，故与中国的大杂院有别。市房多在小胡同内，鲜有在大道旁者。

〔7〕大峰山在奈良东部，古来为真言宗修验道的灵场，凡修道者跋涉山野，积修行之功，通达咒法，称为"先达"，亦称"山伏"，谓伏处山野也。有末先达，正先达，大先达之别，亦有小先达者，系是辅助性质的人。这里所说系是门口的招牌，论理应该是大先达才对，但此处要与上边的大峰山相对，故而特地把它利用了小先达了。

〔8〕"忏悔忏悔，六根清净"，系修验道者朝山时口号，身着白衣，手执币束，祈祷时所用，即名为梵天。

〔9〕雨淋日晒，谓修验者的招牌，木板经雨淋，而文字尚存，虽木板不免受损。

〔10〕三文钱一朵的花，乃花中最廉价者。"假话八百"，系成语，谓诳话之多。

〔11〕桂庵或写作庆庵，系介绍所俗称，专为人家介绍佣工，亦管做媒，往往信口开河，不可凭信。

〔12〕原文上两句，读音相近，似是游戏语，实却不是打诨。

〔13〕此为两种招贴，各写错一字，本应为"御町使"，意

云跑街差使，及"小便无用"，即是不许小便，今将两字对调，致成可笑的错误了。

〔14〕《易经·系辞》，"尺蠖之屈，以求信〔伸〕也。"形容暂时伏居陋巷，预备他日的起来。

〔15〕原文云"九尺二间"，九尺言房间开阔，二间即一丈二尺，则房间的长度，总计为平方一丈。外边却用宋朝书法，装模作样的学中国式题作某人寓舍，乃是儒生的风气。

〔16〕"渴不饮盗泉水"，陆机《猛虎行》中句。又《说苑》，"邑名胜母，曾子不入。"此处云水屋，言售水之屋，多少滑稽化了。

〔17〕颐为《周易》六十四卦之一，卦象为震下艮上，"山下有雷"。正义云，"山止于上，雷动于下，颐之为用，下动上止，故曰山下有雷颐。人之开发言语，咀嚼饮食，皆动颐之事，故君子观此颐象，以谨慎言语，裁节饮食。先儒曰，祸从口出，患从口入，故于颐养而慎节也。"居住于市房之中，比邻多亲子打架之事，与居于胜母之里不差什么，但与山雷颐的卦象关系终不甚明白，这样说了，却为下文引出卜卦者方便计，乃是必要的。

〔18〕日本古代医术系用汉方，称内科曰"本道"，犹言正路，盖别于外科而言。

〔19〕"也是"大夫乃指庸医，谓其医术不足凭信。不过也是算一个大夫而已。

〔20〕本朝字体与上面宋朝书法相对，圆转的笔势令人想起医生盛药的匙来，这里译作"刀圭"了。日本医生从来供给药品，

出诊时携带药箱，当场取药给病人吃。

〔21〕《书法正传》系古来讲习字的俗书，由中国传去，这里说房东写招贴很规矩，可以想见其为人亦是如此。

〔22〕招牌的字靠左边写。意思是说灸点也恐不正确，偏在一边。

〔23〕此浆糊系米粉打的浆子，用于浆洗衣服，卖的地方挂一圆板，大写一"糊"字，挂在门外。

〔24〕响板是一种木板，上挂短棒或能发响声之物，挂于门口，有人出入便响，使人警觉，小胡同的入口常有此种设备。此处说三角的板，引出下文的三弦。

〔25〕尺八为乐器名，乃一种箫类，长一尺八寸，故名。

〔26〕八百万户极言其多，古代神话如《古事记》常言八百万众神。

〔27〕神道家即日本神道教的学者，据神话上说神的住处在"高天原"，这里引用借以说房租的"高"，即是说贵，大祓亦是神道教的一种仪式，此处说每到三十日要付房租，故以为苦。

〔28〕奉佛教的人也要遵守一定的规则，不由自主，只是如是我闻罢了。

〔29〕日本武士照例有一主人，称为"奉公"，如遇主人获罪或战败，致失寄托，又或自己被逐，便成为浪人，即是失业的武士。

〔30〕武士希望致身青云，现在失败了，正如踏失了路旁沟板，也从青云的阶梯上掉了下来了。

〔31〕《高砂》为谣曲篇名，内容说神官友成路经高砂，遇翁媪为述连理松的故事，后知此二人乃松树的精灵，古来用于祝贺，称为吉祥之曲，此处前后引用松树的典故，即是为此。

〔32〕此所云板窗系指防雨窗板卸下时安放之处，通称"户袋"，附着于外，此盖指无此设备者。

〔33〕封建时代旧制，家主年老或因事退休，称为隐居，由其长子袭位为家主，老人也就为隐居老太爷。后来此制亦通行于商家，凡不管家事店事的老人，不问男女，均用此名。纸衣乃以旧纸接合，上涂柿漆，用代布帛，作为外套。圆顶头巾，亦名沙锅头巾，以形似得名，为老人常用之物。

二　隐居与豪杰

隐居站在"浮世理发馆"门口，咚咚咚的叩门："喊，喊！还不起来吗，还不起来吗？时候不早了，时候不早了呀。岂有此理的晚了。睡早觉也该有个程度才对。理发馆是理应起得早的，真是不成话了。喊，老鬓！喊，鬓爷，还不起来吗？"

屋子里边，主人鬓五郎用了还没有睡醒的声音回答："是，是。"

隐居："嘿，起来啦，起来啦！"（又把似乎睡在店堂里的学徒叫了起来）"阿留呀，不起来吗？嗳，这个糊涂东西，老板睡早觉，连那个家伙也是个渴睡汉。"独自唠叨的说着，这时候徒弟留吉轻轻的起来，突然的开门。

留吉开门，大声嚷喊："哇！"

隐居吃惊倒退："呀，这个家伙！叫我大吃一惊，这真叫作恩将仇报。"

留吉："压根儿没有什么恩。我还是很困得没有法子。隐居老太爷那是祖够了，等不及的等着天亮吧。我们乃是只有睡觉这一会儿，才是生命得洗一回澡了。"[1]

隐居："什么，这家伙倒真能说话。给生命洗澡，还不如洗一下裤裰[2]吧！系上一条蓝绉绸的或是红绉绸什么的，岂不是好，却是那么不中用的白棉布做的，如今已变成目下时行的深茶色了，而且虱子生长的多，还似乎成群结队的爬着。不要在这地方都掉下来了吧。嗳，真脏得很！"

　　留吉："又是说这些老话了。"

　　隐居："那个，这就算了，但是老板还没起吗？真是没有办法。夫妇感情太好了，也是要不得的事情。山城国地方生下两个头的孩子，《年代记》[3]里记着的，就是那么睡着的吧。那媳妇儿也正好是那样的媳妇儿。喊，你去说去，赶快起来吧。"

　　留吉："隐居老太爷，什么事都是很操心哪！"

　　隐居："那当然，年纪老了，对于什么事都操心啦。喊，阿留，这些地方要好好扫除。开水烧开了放着。我去了就来剃的。好吧，且去洗一个澡。喊，不管谁来了，也是我头一个呀。别让另外的占了我的先。"说着走了出去。

　　留吉："可是，老太爷。你要是老盯在这儿，那就可以，若是洗浴去了之后，有客来了，那便不能老是等着，要让他占头一个了。"

　　隐居："嗯不，那是不行。"

　　留吉："这样不讲道理……"

　　隐居："还是叫他早点起来吧。"

　　留吉："喊，喊！"

　　隐居："嗯不，那是不行。"

留吉："喊，喊！"

隐居："什么事，吵闹人！"

留吉："什么东西掉下了！"

隐居："什么掉下了？没有什么掉下的东西呀！"

留吉："你头上的假发。"[4]

隐居："糊涂东西！头上戴着头巾哩。阿哈哈！"

留吉："阿哈哈！"

隐居到澡堂去，这时候鬓五郎也已起身出来了。

一个豪杰[5]身穿棉袄，上罩绉袍，系着红绉绸的细带，脚上是钉着红带子的，桐木圆角的，看去像是他老婆的木屐，刚放得脚的一半进去，那么踮着走路，拿着三马制法的带箱牙粉，用了连着刮舌的木制牙刷刷着牙齿走来。至于头发，则是现在流行的所谓"束发"。这束发乃是一点不用油，只用水梳，后边的髻突出，前头的发束松松的，丁字髻在顶上束住。刚才梳好的发恰如前一天所梳的模样，但在当今自然前额没有拔发的，大概都是圆额角。所谓束发，本来乃是俗名妈妈髻儿[6]，现在简略称此。据说因为这没有油气，用手巾包头，可以爽快一点的缘故。按此种风气颇似明和之末，安永之初所通行的风俗，或者当今的流行各自回复到古昔，然则头发的风俗也自当如此吧。

豪杰吐出刷牙的唾沫："鬓爷，好早！"

鬓五郎："呀，勇爷[7]，好早呀，两三天来都做工吗？一直没有见。"

豪杰："要是做工那倒好了。哼，真真倒了霉。前日到阴司阿松[8]那里送葬回来的路上，就跑到那个人[9]的地方去了。"

鬓五郎："什么地方？"

豪杰："什么，照例的那个人。就是前个带信来的女人。"嘴巴歪着，指示一个方向。

鬓五郎："唔，那位有缘的人吗？那么几时回来的？"

豪杰："昨天晚上回来的。这样之后，那位山神[10]就生了气，若是白薯要值十六文一个的，生了那么的两只角[11]，突然的就抓住了前胸。假如在平常时候，就将揍得她叫不出声来了，可是这回是这边也有不对，所以像死了的哑巴[12]的样子一声不响。好像是盂兰盆节的鬼魂[13]，觉得现在得着机会了，把平日所有的威势一时都使用出来，唠唠叨叨诉说个不了。哼，随拣随挑，十三文一堆[14]，那么的说上一大套。真是倒了霉。这不是遇见很好的财神爷[15]了吗？"

鬓五郎："阿哈哈！那真是所谓唠叨八百利上加利的笑话了。可是也不可在外边住得太长呀！你又是少爷的身份，就是流连[16]也得有个限度。况且，说实在话，你又没有给你擦屁股的父亲[17]了，归根结底还是自身的痛痒。喏，不是这样的吗？你是自己懂得这些道理，却那样去做无聊的事。"

豪杰："这些事情原是十二分的知道，其实这都是酒的不好。这样说归咎于酒也觉得是怪可怜的，但是喝上一斤，这畜生，有点飘飘然起来了，于是便喝上了梯子酒[18]。到了第二天，说头觉得沉重了，什么头痛了，就那么流留下来。喏，行吗？自己的家里的门槛也会觉得高了，不容易进去。结果是本来只要斩去一寸，斩去二寸的，这样那样的终于变成三寸了。唉，真是无聊得很。酒也要从明天起，立愿戒酒了。"

鬓五郎："这些老话说得很久了。"

豪杰："可是破了戒也没有得神谴。金毗罗老爷和成田老爷[19]不知道被我骗了有多少回了。"

鬓五郎："这也是当然的事。神佛都看穿了嘛。说那个骗子又来了，从头就不理睬，所以也不给责罚了。"

豪杰："不说假话。专此拜托[20]嘛！——喊，洗澡去了吗？"

鬓五郎："还没有呢。"

豪杰："去洗了来吧。——呵，那个人不来吗，阿蜂这家伙？"

鬓五郎："来的，来的。"

豪杰："来吗？那个家伙，是不懂得人情物理的猴儿呀！下回见了，你给他剥下面皮来。前几天哭丧着脸向我借钱——你听着吧，——我脱下了老婆的衣服，而且还有，那个，以前老为买的带子。那个，你也知道的罢，瓶助原来做二分四百[21]的抵押品，后来过了期，老为拿了二分二铢赎了去的，其后因为忽然要用钱，愿意赔了两铢，卖给了我。"

鬓五郎："唔，唔，知道了，是那条博多的带子[22]吗？"

豪杰："是的，你知道，那是丸角的出品，所以东西是非常的好。那个带子和老婆的衣服，那是出门穿的东西，共有两件。那是花条绉绸所做，衣裳的贴边是黑色的，一件是翻里[23]做法，上半身的里子乃是红绢的，崭新的衣服。只在菩萨开龛的时候[24]和到戏场里去，此外还有她的妹子那里来了女婿[25]的时候，光是这三回外出时穿了，所以无论怎么不值，总也相当的有它的价格。他把这些东西又借了我的面子和当铺朝奉交涉，整整的弄到了舌头[26]三大枚。本来说是五天之后便即归还，可是今天已经有一个月，却是猫拉屎[27]。那不是太不讲情理吗？"

鬓五郎："那是太利害一点了。"

豪杰："说是利害，可是这边也是同样的荒神[28]呀。"说了就往澡堂去了。

【注解】

〔1〕"生命之洗濯"意谓稍得消遣，稍慰生活的劳苦，本可意译，但在此处与下文的洗濯袴衩相对，所以只能直译了。

〔2〕原文云"裈"，即犊鼻裈，或云丁字带，男子所用的短袴，以布作丁字状，系着腰间，直幅下垂，由前面抄向后边缠住。平常用白棉布所做，阔气者也有用绸的，隐居对徒弟所说，系是玩笑的话。

〔3〕《年代记》系纪年的一种野史，也记录妖异事情，如有一儿两头之类。此处乃是隐居说夫妇并枕高卧，如有一身二头，世传人痫，或由此而起的吧。

〔4〕老人头脱，用假发以掩饰之，这里盖指假装鬓发，与普通妇人所用者有别。

〔5〕豪杰原文云"勇肌"，原意谓任侠之徒，凭意气，重然诺，

扶弱挫强，市井之间相习成风。《浮世澡堂》前编卷下十七节有和醉汉吵架的"豪杰"，即是此类人物。

〔6〕古时日本男子蓄发结髻，平常往理发店去梳，有在家梳头的，称妈妈髻儿，意思即是说老婆所梳。其格式如上文所说，通称"束发"。

〔7〕这里便用"勇肌"的略称作为其人的名字，仿佛是名叫"勇吉"的样子。

〔8〕原文云"幽灵松"，系是人的诨名，盖本名为"松"，绰号"阴司"，或形容其没有生气。

〔9〕今东京市浅草山谷町一带旧多寺院，因此一般平民送葬也多在此地，唯因与日本堤甚近，送葬者也就顺便往新吉原妓楼游荡去了。所谓那个人即是指妓楼的旧日的相好。

〔10〕"山神"即是老婆的诨名，据说因《伊吕波歌》中有"奥山"之句。妻的敬称为"奥样"，遂取下一字戏呼为"山神"，此只是备考的一说，不一定的确。初只说悍妇，大抵与中国说"罗刹"是意义相近。

〔11〕俗说妇女妒忌吃醋为"生角"，这里形容这角之大，以白薯相比，平常白薯八文一堆，今云一个值十六文，便有两堆的价值了。

〔12〕形容竭力不出声，说成死了的哑巴的样子，正是加倍的说。

〔13〕俗阴间的鬼魂只在七月十五日盂兰盆节的时候，可以出来，这里说女人难得找得这好的机会，所以要尽量的闹一下。

〔14〕"随拣随挑，十三文一堆"，此指小贩吆喝时口号，各种物品，一律卖十三文。

〔15〕原意遇见瘟神了，故意反面的说成财神爷。

〔16〕留在妓院经两天之久，俗称"流连"。

〔17〕"擦屁股"系是俗语，谓给人家经理未了事件，大抵是清理嫖赌债务。

〔18〕"梯子酒"是说接连的喝酒，像爬梯子一样。

〔19〕金毗罗系印度的神，在佛教不甚重要，但日本民间颇见崇信，在赞歧琴平山有神社。成田老爷指千叶成田町神护新胜寺里的不动明王，这是佛教密宗里的神，说是大日如来为了制服恶魔而现出的忿怒相，在日本很见崇信，通称为不动尊。

〔20〕此处原是利用声音相近的字句造成的戏语，系将"专此奉托"的"托"字（tanomi）变作"狸"字（tanuki），随后再转变为"赞歧"（sanuki），无可译意，所以只能写作原意，不能表出它的游戏的转变了。

〔21〕旧时日本币制，银一两计分作四"分"，一分又分作四"铢"，一铢时价为钱八百余文。此处"四百"读作"一串"，因用宽永四文钱凡百枚为一串，作四百文使用。盖瓶助原来抵押二分约半铢，经老为以二分二铢赎去，后又折价以二分银售去。

〔22〕博多在日本九州福冈，那地方出丝织品，带子尤为著名。

〔23〕"翻里"系一种衣服的做法，女人盛服衣裾的边沿，表里都用同一的材料，与平常贴边不同。

〔24〕有些寺院的神龛平日不开放，须于每年一定时日，这

才开一次，那一天前去朝拜的人很多。

〔25〕日本家庭制度，如无男子承嗣，可用赘婿继承，但须改从女家的姓，称曰养子。

〔26〕日本古时使用金银硬币，普通重一两，名曰小判，形扁而长圆，故俗名舌头。

〔27〕俗以做了坏事情，坦然若无其事的混过去，称为"猫拉屎"，盖因猫于拉屎后率以后脚爬土掩盖，故有是称。

〔28〕"荒神"为三宝荒神的略称，佛教里守护佛法僧三宝之神，三头六臂，现忿怒相，最忌诸不净，后因火能消除不净，遂以灶君为荒神了。普通用作守护神讲，但此处似言这边也是荒神，即不好对付的人。

三 腐儒孔粪的气焰

后边进来的乃是一个身穿好像是油浸过了似的绵绸的棉袍，外罩蓝绿绒布[1]所做，带着家徽的外套，衣边碎片拖了下来，拖着一双穿坏了的草履，头上是顶发[2]蓬松，胡须乱生，脏不可言，可是气象高傲，辩舌滔滔，善发气焰，此乃是教读的老师，学生拼凑起来一总也不过五六个人，绰号孔粪的一个穷书生。他有一句旧式的口头禅，喜欢说"遗憾闵子骞"[3]。他的出身总是在偏僻的乡下，出来游学虽然有四五年了，关于江户的事情乃是一无所知。

孔粪："怎么样，主人，夙兴夜寐，做工挣钱嘛。"

鬓五郎："呀，这是先生爷来了。早上好呵。"单说先生[4]似乎有失敬之嫌，所以加一个字叫作先生爷。

孔粪："我是以清贫为乐，不想早起，可是给家鹿吵醒了。呀，闹呀闹呀的可不得了。"

鬓五郎："是嘉六又喝醉了酒，到你那里来了吗？"

孔粪："这人说什么！老鼠醉了酒，那可了得吗？哈哈哈。"

鬓五郎："嘿，我道又是斜对门的嘉六，照例是倒醉闹了起来呢。"

孔粪："什么，所谓家鹿是老鼠的别名罢了。"

鬈五郎："嘿，连老鼠也有雅号么？"

孔粪："是不是雅号不能知道，可是叫作社君咧，家兔咧[5]，却有种种的别名。"

留吉从旁插嘴道："叫作瓦匠或是墙壁[6]倒很有道理，它在墙壁里打洞，这正是瓦匠的工作。"

鬈五郎："浑蛋，别胡说了！"

留吉："嗳。"碰了钉子，在门口扫地。

孔粪："人若独居，连老鼠也看不起了。《左传》里说得对，一屋无猫老鼠走白昼[7]，我受欺侮弄得没有办法，真是像王肃一样，想要逐鼠丸了。"

留吉："逐鼠丸在京传[8]的书写着，立刻就可以买到。"

鬈五郎："胡说一起，那是读书丸呀。"

留吉："真是那么样的。"

孔粪："那么就叫剃一下子吧。"就在高脚的脸盆里倒上开水，擦起顶发[9]来。

鬈五郎："喊，阿留，那门槛的旁边要好好的扫！那么麻麻胡胡的，扫的太浑蛋。无论怎么说，总是扫不干净。"

留吉："嗳。"

孔粪："扫帚千里，唯留所扫。哈哈哈！留润奥，店润身[10]，因为如此，在理发店的闲暇，给里边做事，汲汲水也好吧。"

留吉："多管闲事。闵子骞这家伙！"

孔粪："什么，闵子骞吗？唉，人总须富有黄白物[11]！连你们都看轻了我。真是遗憾闵子骞！"

留吉："喏，一个闵子骞！"

三人："哈哈哈！"

孔粪拿着承受剃下来的头发渣的东西[12]，坐了下来，鬓五郎解开他的发髻。

孔粪在凝视对面墙壁上贴着的杂耍场的广告，过了一会儿："哈哈，竹本祖太夫[13]，鹤泽蚁凤。嗳，真是别致的事情。在中国虽然有贾大夫，日本是很少有的。本来秦的始皇帝给松树以大夫的官衔，但给竹以祖大夫的官的古事，却记不起来了。还有一面说是鹤泽，却将蚁凤相对，这取意何在[14]呢？——喊，主人家，那边写着的字，是做什么的呢？"

鬓五郎："哪个？"

孔粪："就是那个。"用手指指点。

鬓五郎："那是堂会净琉璃[15]嘛。祖太夫与蚁凤[16]出场，昨晚就有三百人上座。"

孔粪："哼。"这样说了，可是压根儿就不懂。"奇了，我对俗事很是疏远，一点都不懂得。"又回过来看这边。"今昔物语！什么，朝寝坊，梦罗久。呵！"想了一会儿。"林屋正藏。奇了，风流八人艺。哈哈，这所谓季氏八佾[17]之类乎。此季氏亦是鲁国的大夫，佾舞列也。天子八，诸侯六，大夫四，士二，每佾人数，如其佾数。"

鬓五郎："喊喊，那是什么的数呀？"

孔粪："这是八佾，是舞的数目。"

鬃五郎："我又道是什么，那么装腔作势的。哈哈哈，这不是什么难懂的东西。八人艺就是说一个人演出八个人的技艺的盲人。"

孔粪："奇了，盲人也会演八个人的艺，我们有着两只眼睛，却连一个人的事也还顾不过来。这个真是遗憾闵子骞。"

留吉："喊，这里两个了！"

三人："哈哈哈。"

孔粪："那个什么，怎么讲呀。刚才所写的？"

鬃五郎："那是《今昔物语》嘛。朝寝坊梦罗久[18]，林屋正藏，这边的是圆生，都是巧妙的说话家。"[19]

正说到这里，一个传法[20]院派的豪杰忽然进来，站在那里。

鬃五郎："你早呀！"

传说："嗳，就是这其次么？"

鬃五郎："还有一个隐居等在那里。"

传法："好吧。"

孔粪："喊，主人家。这话家是干什么呢？"

鬃五郎："那是说落语[21]的人呀。"

孔粪："呃，笑话么。笑话是中国的有趣。山中一夕话，也叫作《开卷一笑》[22]，又特别的好，是笑笑道人所作的。又有游戏主人的《笑林广记》[23]，日本有冈白驹所译的《开口新语》，或者《笑府》[24]什么之类。呀，中国的就简直不同，直想把这些趣味教给他们才好哩。"虽是这么说，却不知道日本所译或是改作的笑话原是中国的东西，这里正是村学究的本色。

鬓五郎："唐山[25]也有落语么？"

孔龚："有，当然有的，却和日本的不同，甚是巧妙的。"

传法从旁边插口道："唐山怎么样是不知道，可是江户的话家，不论哪一个都是很巧妙的。梦罗久所说的可是真事呀。"

鬓五郎："可不是么。林屋所说的也很有趣。"

传法："我觉得圆生的有趣得好。"

鬓五郎："自始至终都好玩嘛。"

传法："梦罗久的描写好，能够说得出人情来。"

鬓五郎："可乐[26]是一生一代最成功的人了。"

传法："可是也当助手[27]来过。"

鬓五郎："那是助高屋[28]呀，在一生一代成功之后，又是返老还童了。"

孔龚："喊喊，足下所说一世一代是错误的。那就成了重言了，这是应该说一生一度才对。还有话家话家的，无论说什么都以为只要加上一个家字便好，但是话家这名称乃是汤桶[29]的读法。话是训读，家是汉音，吴音则读如客[30]。凡儒学用汉音，国学用吴音，又佛氏方面是读吴音的。读法各有一定的规则。说是笑话家，或是落句[31]意取可笑，称作落语家倒也可以。说什么话家，阿呀真是可以绝倒。哈哈哈。医生的古方家，后世家[32]都用汉音，歌人的二条家，万叶家[33]用的乃是吴音。这些区别都不懂得，真是遗憾闵子骞。"

传说："那么不再叫话家，只说笑话家就对了。"

鬈五郎："但是现在学时髦的人，无论什么总想加个家字上去。"

孔粪："嘴里很能说话的称多辩家，多吃东西的人称食乱家或者是饱食家。"

传法："能喝酒的人叫作饮家，那在夏天便很讨厌 [34] 呀。"

孔粪："这又是汤桶的读法了，喝酒的人称作酒客，卖酒的则是酒家。"

鬈五郎："酒店若是酒家，那么豆腐店是豆腐家了。"

传法："灯笼店是灯笼家，煎饼店是煎饼家。"

鬈五郎："好骑马的人叫他作马家，就要生气 [35] 了吧？"

传法："嗅香的人叫作香家，那太脏 [36] 了。"

孔粪："这样说来是不行的。嗅香插花的话虽是古来如此，但是说养花闻香，乃是俗例，并不觉刺耳。"

传法："香是用鼻子嗅的吧？"

鬈五郎："正是呀，香味不是熏到耳朵里的吧。"

传法："若是耳朵里听的，那么说闻香也好，但是因为是用鼻子，所以说嗅比较好吧。"

鬈五郎："是呀，假如鼻子听着，耳朵嗅见香味，那么眼睛能够说话，嘴巴看见东西了。"

传法："这么着，脚就会头痛，头皮要小心踏着铁钉了。"

孔粪："喊喊，像足下那么说下去，议论便没有完了。唉唉，真是没有办法。因为如此，圣人也有为难的事情，可以想象得来。真是难以济度。唉唉，素夷狄行乎夷狄，入乡从乡。唉，可叹之至，实在只有长叹息而已。众人皆饮浊酒，我也不能不同饮么？"

鬓五郎："若是患痰嗽 [37] 的话，实在喝浊酒是有害的。那不如不要喝好。"

孔粪："不，不再把你们做对手了。"

传法："喊喊，我还想听你一点讲释呢。"

孔粪："不不，和愚人谈论是无益的。那么，再见了。" [38] 出门回去了。

【注解】

〔1〕浓绿带黑色的衣料，普通只用作妇女外衣，在男子着用甚觉滑稽。

〔2〕日本古时男子结发，中古时代乃剃去前面顶发，只余左右及后方仍结为髻，以是顶发亦须常剃，否则状甚不洁，亦为不敬也。

〔3〕《论语·先进篇》云"德行颜渊闵子骞"。日本戏作者山东京传尝取其语，用声音相近的字句变化为"残念闵子骞"，见所著书中，三马今复利用，唯用于腐儒，自属更见适当了。

〔4〕旧时先生之称不甚尊贵，大抵用于称呼瞎子或卜卦算命者，故加一"爷"字以为区别，中国别无适合的译语。

〔5〕老鼠别名为社君及家兔，见于《本草纲目》。

〔6〕瓦匠原文作"左官"，读若 shakan，与社君（shakun）

读音相近。墙壁原文作"壁"，读若kabe，亦与家兔（kato）相近。

〔7〕此一句原文如此，大概是故意乱说，并不是一定根据一句原文改作出来。

〔8〕山东京传（一七六一——一八一六）系日本戏作者，为三马的前辈，于著作之外，兼营商业，自制"妙药读书丸"，能治头痛目眩等病，尝于书中自己广告，收效颇大。

〔9〕剃顶发时需用热水先将头发擦透，乃可用刀剃刮，与清朝时中国剃头方式相同。

〔10〕《诗经》云，"邦畿千里，惟民所止。"《大学》云，"富润屋，德润身。"此处即模仿经文。

〔11〕黄白即指金银。

〔12〕承接头发渣的器物，乃是木板所制，状如摺扇面。

〔13〕日本姓名本来多用训读，这里乃仿照中国用音读，故致甚为别扭可笑，但译文无从辨别了。

〔14〕此处乃沿用作汉诗的方法，将姓名分开，作为对句去讲，所以便讲不通了。

〔15〕"净琉璃"系日本旧式音曲的名称，略似弹词，最初只用折扇作拍子，后来改用三弦或琵琶，有各种流派，近代有竹本义太夫加以改革，最为有名。净琉璃可用于堂会，亦多在杂耍场演出，如此处所说即是，故云有三百人上座。

〔16〕祖太夫为竹本派的艺人，鹤泽蚁凤即三弦名家，为说净琉璃的艺人的助手。

〔17〕见《论语·八佾篇》，此一节即本于朱熹的注。

〔18〕朝寝坊梦罗久是一个人名，朝寝坊意云睡早觉的人，是句游戏话，作为姓的样子，梦罗久亦写作梦乐。他与林屋正藏与三游亭圆生均为可乐的门徒。

〔19〕日本的落语近似相声，但只用一人演出，普通称落语家为"话家"，话即说话的意思，常写作"咄"字，或口旁新字，非汉文所有，盖是日本自造的字。

〔20〕"传法肌"与"勇肌"意义相近，但有好坏两种意思，好的方面则为好打不平的任侠性质，坏的是倚势欺人，这里所说正是好的一面。原来的意思是说江户传法院的用人，往往倚恃佛教的势力，胡作非为，看戏什么都不给钱，所以有此名称，原意只是流氓无赖，又因好勇斗狠，故兼有豪杰的意义。

〔21〕日本的落语照中国话说来即是笑话，不过这不是很短的三言两语所说得完，乃是要经过大约十分钟以上，才能讲明的故事，因为故事重在结末，便是故事的着落处，所以名叫落语。

〔22〕《开卷一笑》前后编各十四卷，前编为游戏文章，后编系汇纂，分类杂俎，旧传系李卓吾所编纂，重刻本或署笑笑先生增订。后或改编为《山中一夕话》，编者为咄咄夫，有戊戌正月序，当是清顺治十五年（一六五八）。

〔23〕《笑林广记》，旧题游戏道人纂辑，凡四卷，分十二类，系改编《笑府》而成。

〔24〕冈白驹著《开口新语》，系抄译中国笑话，多取《笑府》中故事或加以翻案改作，故下文孔糞中日笑话优劣，不合事实，为村学究本色。《笑府》原十三卷，明冯梦龙编纂，日本有选本，

相传系风来山人（平贺源内一七二九——七七九）之作。

〔25〕见初编卷上柳发新话自序注〔3〕，4页。

〔26〕可乐即三笑亭可乐，初出演于江户杂要场，为专业艺人的始祖，徒弟甚多。

〔27〕"助手"指补助首席艺人出演的人。首席艺人称"真打"，在最后出场，助手演在前面，为之帮助。

〔28〕助高屋为泽村宗十郎之子，其后袭名助高屋高助。

〔29〕日本袭用汉字，有一字的读法，凡两字相连，须均用训读或音读，不能一字读和训，一字读作汉音。反是者称作"汤桶训"，是不合规则的，盖汤字训作 yu，而"桶"字训作 tō，即 tong 音之变。

〔30〕日本语中音读有两种，一为汉音，是唐朝以后传去的北方音，一为吴音，则是唐朝以前传去的南方音，如家字汉音为"ka"，吴音则为"kè"。

〔31〕这里即是说故事的结末，但所用系指作诗的术语，称曰落句，谓律诗绝句的最后结句。

〔32〕此系医家用语，古方家谓主张用古来方法的中医，后世家则采用后世即是近世方法的。

〔33〕二条家和歌中尊奉二条为氏这系的一派，他们以《古今和歌集》为模范，极端保守。万叶家则是指研究《万叶集》的，可是学作万叶风和歌的人，虽然《万叶集》成书要比《古今集》早二百多年，但是其影响却更是健全得多了。

〔34〕"饮家"读作 nomika，意思也可解作跳蚤和蚊子，

所以说在夏天便很讨厌。

〔35〕"马家"读作 baka，就是骂人的"马鹿"。据云源出梵语，本意原是愚人，旧说出典系赵高的指鹿为马，盖出于附会。

〔36〕"香家"读如 kōka，写作"后架"，古时禅寺在僧房后面设置洗脸的地方，厕所就在其旁，后世遂将后架一名，混称便所。

〔37〕上文叹息一语系用音读（tansoku），与痰嗽（tanseki）音近，遂误会为吐痰咳嗽。

〔38〕"再见"一语普通用 sayonara，但以前武士阶级的人则说 shikaraba，意思一样是"然则"。用于告别时，别无再会再见的意义，与各国习惯不同。田中英光有一篇文章，说明它的特殊的意思。

四　隐居与传法论《大学》

接着是那隐居来了。

鬓五郎："呀，隐居老太爷，是洗澡么？"

隐居："嗳，是嘛。早上的澡堂水清得好，可是拥挤得很。假如洗澡那么不则声就行了，总是要哼什么曲调。——呀，对不起。"说着跨进门来。"喊，这里也是顾客满座。喊，阿留，为什么不让我先剃的呢？"

留吉："可是，你自己来得迟了。但是，你就来在这里坐吧。"

隐居："糊涂东西，在我要是还要剃的话，我就不是那么的着急了。我不是剃的咧。"

留吉："是只要光一下子么？"

隐居："你这只是胡刮罢了。到了这个年纪，那样把顶发脑袋胡乱刮的，简直不曾有过。"这样说着，便坐下了。

留吉："且好好揉着吧。"

隐居："什么，哪里还有头发揉擦？假如有值得揉的头发的话，也不去隐居了，那还正在起劲的搞恋爱关系哩。喊，那还不如小心点，别把那假鬓¹弄坏了，更是好好的把它收拾起来吧。今天早上也掉落在枕头边上了。"

传法："睡的时候，还是卸下来的好。哈哈哈，又不是三角裤衩（要带着睡觉）。"

隐居："哈哈哈。"

传法："那个刚才回去的乡下佬正是个大呆鸟啰。"

鬓五郎："哪一个？嗯，那个孔字号吗？"

隐居："嗯，那放屁儒者么？那个家伙知道什么。可是很奇怪的，是住在那里没有给房东赶出来，却是新鲜的事情。"

传法："嗳，是呀。说是儒者，平常总以为这家伙是通晓事体的人，哪里知道完全是个呆子。什么东拉西扯的，近前靠后的，开龛时的和尚说明似的胡说八道一起，发出傲慢的气焰，可是连梦罗久和可乐都不懂得。那样的家伙真是所谓读《论语》的不懂得丰后[2]吧。"

鬓五郎："好的，好的。"

隐居："他们是，你要知道，专走孔子之道，可是一走到岔道上，就踏进烂泥里去了。"

传法："且别说孔子之道，便是王子[3]的道路，也晓得的不清楚。"

鬓五郎："光知道查考唐山的事情，把脚底下的事情全荒疏了。这是犯了很坏的病症。那种人不是通达世故，实在比平常人还要不够呀。"

传法："而且看那个模样吧。跌倒在廊下，就是抹布[4]了。"

鬓五郎："一点都没有错。看那个人在家里的时候，面前放着个看书台[5]，拖着鼻涕，在那里讲释。"[6]

　　传法："呒，讲释什么呢，酒本饮太夫的出发的故事么？铮，铮铮！"[7]

　　鬓五郎："是十分垃圾太夫吧！"

　　隐居："叫那个家伙讲释的人，也真是不懂事的家伙呀。"

　　传法："讲释些什么呢。什么关羽张飞字孔明，捏着牛蒡似的长枪，使起来纵横无尽，看远远的屯在左边的兵，那是谁呀！场口当面挂着三块牌子的大名角[8]，前边有两只角，后边有五块板的钢盔，老是穿戴着，底下是夹衣一件，号褙[9]裤子。"

　　鬓五郎："喊，好吗，好呀！"[10]

　　大家都笑了："哈哈哈。"

　　传法："可不是么。那个东西，大概是说的这些话吧。"

　　鬓五郎："什么，这是演义的讲释。那边的是性质不同的。"

　　隐居："是《大学》朱熹章句。"

　　鬓五郎："亭主曰嘛。"[11]

　　传法："呒，山高故不贵[12]么？"

　　鬓五郎："别胡说八道了。那不是《大学》，是《今川》[13]呀。"

　　传法："你说的是什么话。《今川》是很不相同的。夜鹰[14]好小便，以杀生为乐事，我还好好的记得。你说的是错了。"

　　鬓五郎："什么，你好好的想一想吧。我也是无意中听见说过的事情，就会忘记了，那还成么。什么今川两亲不足中取[15]，可见不论是哪里的两亲都有不满不足，就是今川的书里也教我们说两亲不足哩。"

传法："这是错了。那里是说愚息呀。"

鬈五郎："什么，是不足。"

传法："什么呀，不是不。"

鬈五郎："不是不，那是成了[16]呀。"

传法："什么，成金么？去了你的吧，哪里来的将棋！"回过来对隐居说："是不是，隐居老太爷。对不起，是我所说的不错吧。这老板无论怎样固执，山高可是《大学》里的文句吧。"

鬈五郎："什么，这不是《大学》吧。"

隐居被两方面这一问，他本来自己不知道《大学》，所以非常为难，勉强说道："唔，什么，什么呀。我也年纪老了，记心不好，而且精神也坏了，所以记不清楚。不不，现在所说的，两边都在《大学》里，在《大学》里。"

鬈五郎："请看吧。"

传法："嗳，我也并不是没有说呀。"

鬈五郎："太郎兵卫请你走吧[17]！——喊，隐居老太爷，一个人做小鬼的时候记得的事情，是不会忘记的呀。"

隐居："是的呀，现在的什么是，什么呀，山高故不贵，河深故立而游泳。"

鬈五郎："正是正是，是有这样的话的。"

隐居："在那河边有夜鹰出来，是这样连下去说的。"

传法："懂得了。"又起手来，表示可不是么的意思。"因为河边，所以夜鹰好小便。"

鬈五郎："可不是么。在河边小便，蚯蚓啦，大眼子啦，这些东西，就因为小便的热而死去了。唔，就是这个道理。"

　　隐居："所以就成为杀生了。"

　　鬈五郎："很有道理。"

　　传法："就在这地方，还有不能懂得的事情。为什么说亲子以杀生为乐事的呢？"

　　鬈五郎："那是，传哥，这不是你所能想到的了。为什么呢，这夜鹰里边，有狮子大开口的婆婆，也有初出壳的雏儿，那么，这就不是所谓亲子了么。总之，一切都是道理呀。"

　　传法："唔，可不是么。这样说来，也就是合于道理的了。是不是，隐居老太爷。"

　　隐居："是嘛。"

　　传法："可是为什么说的什么难懂的呢？"

　　隐居："这又是因为你们还年轻的缘故了。这就因为没有能辨别因果的道理之故。那个杀生里边，也有做得好的，也有做得坏的两样。从前，唐山的唐人，一个叫作什么唐人的儿子什么人，他是个孝子。他的母亲在三九寒天想吃鲤鱼。于是这里用了种种手段，大雪落着，鲤鱼是完全给冰封了，没有法子去取得。"

　　传法："不是不取也行么？"

　　鬈五郎："拿出一分银子去，可以买很漂亮的一个了。"

　　隐居："什么，假如有这个钱，便没什么话说了。没有钱的地方去吃苦想办法，所以算是孝行呀。"

　　传法："我也是一年到头没有钱，吃苦想办法，那也算是孝行里面吧？"

隐居："这个理由是不同的。你们的没有钱，是因为各自花掉了，所以才没有的。"

鬈五郎："肃静[18]，肃静！讲话的线索不能断了。以后呢？"

隐居："且说在大雪之中，扫开一条路到了池边一看，全面都结着很厚的冰。问题就在这里了。为了父母的缘故，性命算什么东西呢！"

传法："为了丈夫的缘故，变了石头的前例[19]也是有的。"

鬈五郎："肃静，肃静！"

隐居："先就若无其事似的脱光了身子，在那冰上面躺倒了。"

传法："这是什么意思呢？"

鬈五郎："是准备运气睡着等[20]吧。"

隐居："什么呀什么，哪里是这样浅薄的想头。那个，因了自己的身体的热气，冰就融化了。冰融化了，就可以捕得鲤鱼。是这种打算呀。你看这不是孝行么？"

传法："唉，这是很坏的打算。冰融化了，万一掉了下去，怎么办呢？"

隐居："为了父母的缘故，性命在所不惜嘛。"

鬈五郎："为了父母的缘故，性命在所不惜，主意是这样的想，假如掉了下去死了的时候，那么鲤鱼既然捕不成，而且岂不是撇下了只有一个的母亲，要使她彷徨路头[21]吗？照我看来，他的主意本来就是不好。第一那冰即使好好的融化了，若是鲤鱼不在那里，那又怎么办？"

隐居："那是他知道有的。"

鬓五郎："可是鲤鱼如老是躲在冰底下，那也是没有办法吧？"

隐居："这里就是孝行之德了。老天爷在那里看着，他不叫你无效的。自然感应，鲤鱼就自己跳了上来，在冰上面叫捕获了，这便是孝行之德呀。"

鬓五郎："这就算是孝行也罢，可是唐山的人没有智慧，叫我就是这样的做。什么呀。阿妈，要吃鲤鱼。嗳，知道了。说请你等一会儿吧，就拿了碗往外跑。那别说落大雪了，就是落刀枪也不管，走到饭馆里，拿出六十四文，最贵是一百文，要一碗鲤鱼汤。喏，请喝吧！无论怎么穷法，一百文的钱总还该有吧。"

隐居："这个，你们一来就是这么，所以是不行的。一百文的钱即使拿得出来，可是没有饭馆，却怎么办呢？"

鬓五郎："唐山总也有饭馆吧？"

隐居："在山村里，就是江户近地，也不大有鱼类呵。从这里走出三里 [22] 去看看。有地方简直见不到生鱼，只有加盐腌的秋刀鱼，咸的一口都不能吃的，拿来与萝卜煮了吃。只差了三里路。有地方就是这个样子嘛。他们是只住在这难得的江户地方，所以不晓得世上的辛苦。"

传法："这恐怕也是实在情形，但是还有这一层。假如带了夜鹰，叫它在冰上小便，怎么样呢？那么，因了那热气，冰就融化了。那么样，鲤鱼嘣的跳了出来。怎样，这种智慧了不起吧，于是这才是夜鹰好小便，亲子以杀生为乐了。"

隐居："阿哈哈。嗳呀嗳呀，胡闹得很。可是，杀生的里面也有差别，像刚才所说的为了孝行而捕鲤鱼，那就是杀生也没有罪过。"

注解：

〔1〕为假发之一种，作成鬓发的形状，以掩盖两鬓者。

〔2〕旧时俗谚云，"读论语者不懂得论语"，以嘲读书人，后又转变，丰后（Bango）系地名，以丰后调歌曲著名，读音与论语（Rungo）相近。

〔3〕王子是地名，离江户不远，取其与孔子读音相近。

〔4〕言其衣服龌龊，如不是穿在身上，却抛在廊下，人家便要当作抹布看待了。

〔5〕看书台是一种书几，高约一尺余，只有一只脚，台面微斜，上置翻开的书册，读者席地而坐，便于阅看。

〔6〕普通称"讲释"，大抵是指说书，塾师讲解经书亦用此名称，故易致淆混。

〔7〕酒本饮太夫系仿竹本祖太夫而造作的名称，铮铮云云则模仿弹三弦的声音。

〔8〕上边是模仿日本说书，但说的一塌糊涂，将《三国演义》的一部分人名也牵强附会上去，接连《太平记》的打仗场面。场口挂着三面牌子照例写着中央是班名，左右是两个名角，但多半

是旦脚①。

〔9〕号褂原文作"半缠"，形如马褂，但无纽拌②，后世变为印半缠，背有字号，为工人所穿，此处故意混杂在一起。

〔10〕这是叫倒好的调子。

〔11〕亭主即是丈夫，犹俗言家主公，音读讹作 teishi，取其与孔子孟子读音相近，作为"子曰"的游戏语。

〔12〕"山高故不贵，以有树为贵"，本《实语教》中语，相传为弘法大师空海（七七四—八三五），旧时书塾用作为教本。

〔13〕今川了俊（一三一五—一四二〇）作家训二十三条，训诫其弟仲秋，后世称《今川壁书》，为童蒙必读书，或用作习字本，通称《今川帖》。

〔14〕《今川帖》中有一条云"好鹅鹰逍遥，以杀生为乐事，"盖谓喜蓄养鸬鹚及鹰鹞，以杀生为乐，讹读为"夜鹰好小便"了。夜鹰本是一种夜鸟，中国古称怪鸱，昼伏夜出，鸣声甚恶，日本乃以称最下等的私娼，在道旁拉客，其代价为二十四文云。

〔15〕《今川》原文云："今川了俊对愚息仲秋制词条条"，即谓了俊对于他的儿子（实际是他的兄弟，封建制度有以弟为嗣的办法）仲秋，所定训诫各条，今讹了俊为两亲，愚息为不足，仲秋为中取，皆声音相近。中取系田家用语，盖言从密植蔬菜中拔取其不良者。

---

① 旦脚，今写作旦角。
② 纽拌，今写作纽襻。

〔16〕这里借"不"为步，即是象棋中的步兵，一入敌境即过了河，它就加强了能力，这是棋法称为"成就"。又因它在原有能力之上兼有金将的作用，即上下左右，及上方两斜角，共有六方可以进出，所以又称作"成金"。这成金又以称投机暴发的富翁，名词就比原语用的更为广远了。

〔17〕这是一句成语，喻言还是一样，即不分胜负。故事说太郎兵卫出钱坐了轿子，半路上轿底脱落了，太郎兵卫还是只能在轿子里和轿夫一同走着。

〔18〕肃静原文云"东西"，系角力开场时高呼警众，令东西两方的人勿喧扰的成语，后来移用于他处。

〔19〕这是指望夫石的故事，特别是说大矶地方的"虎石"，据说是曾我十郎的爱人虎御前所化的石头。

〔20〕原语云，"果报睡着等"，意谓果报非人力所进退，故当静以待之，本意兼指祸福，后乃专指好的方面，即谓幸运。

〔21〕彷徨路头，意云乞食。

〔22〕三里系指日本里数，约合计中国的九里。

五　麻脸的熊公

这时候有人从外边嚷着进来，这是传法的一个朋友，诨名叫作麻脸的熊公，也是个豪杰。

熊公："可是这阿传的家伙，却是干那有罪过的杀生的事。喊，你好好的记住吧！今天早上又把别人当作押头[1]丢下就跑了。"

鬓五郎："呀，熊公来了。"

熊公："怎么样，鬓公。你早呀。这样，你听听吧！昨天晚上，在二町目[2]的拐角忽然的遇见了。"

传法："这个，喊，喊！这浑东西。真是不懂事得很，到这里来唠叨这样的事情。"

熊公："怕什么。这是我的嘴嘛，熊爷嘴里的话是一点没有虚假的。"

传法："鬓公，你听听吧。这个家伙是，平常老是舔那在路旁卖的蜜饯的，所以话语是那么的甜。"

熊公："喊，可是真亏你叫人家睡着觉，自己却先跑了。"

传法："浑东西，你自己也太不机灵了嘛。老鬓，你听听吧。昨天晚上，从别处的女人那里，把一条手巾偷偷的拿了来了。"

熊公："喊喊，说出这件事来，那还成么？"到传法后面来，把他的嘴堵住。

传法："住了，住了！喊，连气也透不过来。"把熊公的手推开，一面把衣服的前面掩好。"同了吉子两个人呀，在格子³前面，将头老凑在一块，这倒也罢了，却闹了一个大笑话。"

熊公："喊，你别吃醋。虽然绰号是麻脸熊，可是到那地方，却是好小生⁴呀。原来那个女人——"

鬃五郎："喔，喔。肃静，肃静！在我的屋里，讲这些故事是不成的。听了讨厌的话止住了，止住了。"

熊公："为什么不成？"

鬃五郎："为什么吗？你们的自夸的痴情话听着实在难受。假如请别人帮忙，那么你拿出请人来听的报酬好了。——传爷，喊，请来吧。"这时候隐居的发髻已经结好，传法打着呵欠，揉擦发顶，手里拿着承接头发的木盘。

作者附白：从这个以下有几个客人，剃了顶发，结了发髻，随后去剃胡须什么，本来也应该细写，因为太烦了，所以不一一来写。只要请记住于种种谈话的时候，一个个的轮流着剃顶发就好。而且来的人，也有专为谈天而来，或是常来当作每天游戏的地方似的，这一类的人也不列举了。诸事细心研究的看官们，请不要责备才好⁵。

传法："真是的，你也该合宜点别再上当了。朋友们的面子都给弄脏了。"

熊公："嘿，去吃你的屎去呗⁶！我这面是给人家当上呀。"

传法："可是给人攥出去[7]的时候，又要弄得脸都变青了。"

熊公："那么。脸变青了，野吕松木头人[8]得到大家的叫好了。喔，笨家伙祸从口出。"说到这里，拖出舌头来。

隐居摸着头皮："你们真是精神饱满，很可羡慕。我要是再年轻二十岁，倒很想和你们做伴，但是现在年纪老了，不行了。——好吧，此刻且到情人那里，相会了来吧。我的花钱[9]就是全堂的花，也只要三十六文就够了。"

传法："到哪里去？"

隐居从怀里拿出念珠来："是这个。"

熊公："唔，到寺里去[10]吗？那么你老的花是四文的花哟。"

鬓五郎："隐居老太爷，哪能是四文的花呢。这总是买三文花十朵，放下四文钱[11]七个吧。"

隐居："嘁，别那么的说坏话了。是该多出钱的地方，也格外的多出哩。今年寺里的大殿出了老病，我也给向各家施主，募化了来呢。"

传法："那么你老单只要步行就好，钱可以不出了吧？"

隐居："这哪里成呢。不是我先捐一笔给他们看，那是不行的。"

传法："哪里是先捐一笔，那是虚张声势[12]嘛。"

隐居："嘁，捐出了纹银七两二钱。"

鬓五郎："那么正是一个奸夫的价钱[13]呀。"

隐居："无论怎么都好吧。看守着我一个人的老婆子，是先去在那里等着我哩。"

鬓五郎："成了婆婆之后，就是亡过了。觉得没有难过了吧？"

隐居："这不等到年老了看，是不会了解这种心情的。无论怎么样，总是恩爱嘛。"

　　熊公："那么，也总时时想起来吧。"

　　隐居："自然要想起来。那是当然的嘛。我的儿子是正式礼服，新娘也是冠帔齐整，媒人念了祝贺的谣曲 [14]，那么结婚的。喏，我的结婚却是同老妈子 [15] 搬家似的，媒人背了一个竹箱，左手提着铁浆的瓶 [16]，右手提了一升酒，这样来的。不，还有，不说出丑事来，事情便不明白 [17]。那时我也做了买卖回来，想这时候大约新娘要到来了吧，便去买了半块豆腐来，正刨着松鱼，花轿 [18] 却到了！这之后，由媒人指挥着，新娘就在风炉里烧起火来，媒人来研豆板酱 [19]。于是媒人从怀里取出三片鱿鱼 [20] 来烤了，举行三三九度的仪式。你看怎么样。是这个样子辛苦搞起来的家业，那老婆子也很能吃了苦帮着我的人。南无阿弥！呵，糟了！不知不觉的念起佛来了。哈哈哈。好吧，慢慢的预备了去吧。上个月没有去，一定情人是在那里等着了。"

　　鬟五郎："你多给她拜几拜吧。"

　　隐居："你又想拿我开玩笑了。呀，各位都请多坐一会儿。——喊，阿留，今天脸刮的很好。下回给你带好物事来，你等着吧。"

　　留吉："野椎果 [21] 一袋，只值四文钱。"

　　隐居："四文钱也不很少，二十八文的剃头，一共要值三十二文了嘛。"

　　留吉："嘿，现在这个时代，拿二十八文来的，也只有隐居老太爷罢了。"

隐居："吵闹得很。不再说下去了。"说着走出去。

熊公："好性子的隐居。"

鬈五郎："很好的事。"

熊公："儿子也是好运气。"

鬈五郎："那儿子也是很会挣钱，人又懂事，所以家业是很牢靠的。"

熊公："这就是父子都很是福气嘛。"

鬈五郎："性情和易，好得很。"

传法："可是在他年轻的时候，也很花过些钱吧？"

鬈五郎："什么，那是没有呀。"

熊公："只是嘴里说罢了。"

鬈五郎："因为只是用嘴，是不要花钱的，所以是聪明嘛。"

传法："所谓什么通人，什么雅人，原来都是不通世情[22]的人，只看他们的家产全是一塌糊涂了。"

鬈五郎："倒是叫作俗人俗人这种人，好好的保存家产，不给人见笑，有时候也救助那些穷人。我想这种人倒是通人哩。"

熊公："我也就是这样想，不再做通人了吧。"

传法："你是哪里的通人呢？无非是一个笨蛋，现世报，倒醉汉，兼带瘫子罢了。"

熊公："我以前不则声，你就以为可欺，现在是——不能再饶恕了！"末了学作唱戏的声口，捏了拳头去擦传法的前额。

鬈五郎："啊，这样子危险，危险，剃刀割了，怎么办？"

熊公："什么，这样的脑袋一个两个，现成的多得很。妈妈髻带一个秃头，三十八文。"

传法："浑东西，这是定做的那一路脑袋呀。"

熊公："对你的阿爹阿妈定做得更好一点，岂不好吗。阿传的脑袋上尽是凸凹。真讨厌的样子。"

传法："比起麻脸来，要罪孽轻一点吧。"

熊公："是不是轻一点不知道，可在理发的看来²³却是罪孽深重了。这里，请看吧。剃刀没法用的地方，全是些名所旧迹。"

熊公："二十四辈²⁴来这头上转一圈子，那就是奴旧迹²⁵都走完了。"

传法："奴旧迹！这个，你们看吧。偶然说句话，就说出这样傻话来，是御旧迹呀，浑东西。又不是杨弓场²⁶，说什么土弓席！"

熊公："嘿，第一个地方算是定了。这边却是宗旨²⁷不合呀。"

鬓五郎："那么请问是哪宗呢？"

熊公："宗旨是代代不变的山王老爷²⁸宗。"

传法："别说傻话了，那是街方土地呀。"

熊公："什么都没有关系。山王老爷是保佑我的，我就把这做了宗旨了。什么南无阿弥陀佛，什么南无妙法莲华经²⁹，都没有威势。这样，我也没有什么愿心，但是我呀，过了二三百年死了之后，叫玩具店把棺材做得像花盦³⁰的样子，牛车上装着，加上一班鼓吹手。好不好，施主和铺保都戴了赤熊的假面，请他们跳吹火汉子³¹的舞蹈。这样子，头儿给带头领唱，伙伴们就一同在前面走着帮腔，那么我也可以升天了。实在的，现在就写遗言留下，假如不照办，我便变了鬼要来作祟的。"

传法："你这脸，就是做鬼也不合适的。"

鬓五郎："那是非像音羽屋[32]的好男子不行的。"

熊公："咄，随你们批评就是了。既然这样，那也没有办法。给他变作妖怪出来吧。"

鬓五郎："正好吧。俗物变了妖怪出现，反正是在箱根[33]的那一边的。"

传法："到底是不能给江户子[34]作什么祟的。"

这时候有一个人进来，绰号叫"非常龟"，因为不论什么事情，他有一句口号，总说非常非常，进来的时候嘴里说着话。

龟公："什么江户子全是假货色。因为有这样的家伙，所以江户子的名声给弄坏了。"

鬓五郎："嗾嗾，敌人弄了大军[35]来了。"

熊公："其时熊爷一点儿都不惊慌。"[36]

龟公："什么，那么吊儿郎当的，不论什么事都想轻易出头，所以很是可怜的。"

鬓五郎："可是现在这倒是很驯良的样子。"

熊公："什么，无论有多少匹[37]来了，都是初出壳的雏儿，捉迷藏，寻草鞋[38]的伙伴罢了。系上了蓝绸的裤衩，就想给人家去看的家伙嘛。嗳，岂有此理。这是值多少钱的东西，顶贵不过是一分[39]或者一分二铢罢了。价值有限的东西。却要当作了不得似的去给人看，别说面子不好看，也关系着自己的名声呀。"学作唱戏的口调。"这位熊爷的御诞生，呀的一声生下地来，就是江户樱的三朝[40]，三马那里的江户水[41]洗了澡，再用下村松本[42]的固发油，混杂了玉屋[43]的胭脂，磨炼成功的美男子。"

鬓五郎："这个这个，好呀，好呀！时节不好，发了疯了。街坊上的累赘！"

传法："而且那是什么呀？是唱戏声调么？"

龟公："是婆婆声调吧！"

鬓五郎："现在不时行了。"

熊公："不要妒忌，不要妒忌，是源之松助[44]千万不要看错的小白脸呀。"

龟公："一看你的脸，无论谁也要千万原谅了。"

熊公："因为女人太是胡缠了，想挂上女人禁制[45]的牌子，你看怎么样？"

鬓五郎："好吧。"

传法："对此男子不许调情！"

龟公："什么呀，这比挂牌子还要有效嘛。"[46]

熊公："唉，小白脸有谁愿意做呀。"[47]

龟公："麻脸有熊公去做。"

熊公："嘿，小鸟儿们别侮弄猫头鹰哪！"接着便学幸四郎[48]的声调："大象不游于兔径。"

龟公："熊游于四百。"[49]

熊公："割鸡焉用……"说到这里的时候，偷偷的进来了一个人，到熊公的背后，按住了他的眼睛。

熊公："谁呀，谁呀？别做这样旧式的事情了。"

鬃五郎："你试猜猜看。"

传法："这可是猜不着了。"

熊公："猜着了给多少钱？"

龟公："别说那下流的话了。"

熊公："等着，等着，从手指头上可以知道是谁的。这是什么事！在小指头上贴着丸藤的膏药的人。是同砧板想表明心中[50]的家伙。呃，知道了，知道了。但是，到底这是谁呀？"

龟公："瞧他出丑！"

传法："喔呀！"

熊公："排队的侯爷崽子们[51]吵闹得很呀。"

龟公："无一物的就只是曾我兄弟[52]呀。"

熊公："曾我兄弟，鬼王，团三，七个脚色[53]嘛。"

传法："无一物的是——"

熊公："等着，等着！吵闹得很呀。痛，痛，不要紧按着眼睛，痛嘛！"

"不能知道吧！"那人放开了手，原来乃是熊公常去做工的地方的主顾。

熊公出了一惊："呀，老爷，对不起了。我道是什么别的人，很说了失敬的话，没有想到是老爷。你老今天是往哪里去？"

老爷："哈哈哈。有点事情，就到近地去。你这样的又贪惰了。还是上一点劲吧。我还以为今天或是明天，你的工作可以完成的哩。哈哈哈。什么呀，又是到什么地方去了才回来的吧？"

熊公："不，哪里，老爷。你说的是没有的事。"

龟公："老爷，请你教训他几句吧！他老是学唱戏的声调哩。"

熊公："这个，别说吧！"把脸涨红了。"他们没有什么好话。嗳，嘿嘿嘿。"说着苦笑。

老爷："这可是，没有办法的贪懒的人。哈哈哈。——喊，各位都好。"说了这话就走过去了。

熊公："嗳，再见！"变得很规矩的样子。

传法："阿熊这回气瘪了。"

熊公："你们早点通知我一声，这就好了。我不知道是他，说了些粗野的话。"

【注解】

〔1〕至妓院游玩，付不出钱时，留一人作抵押，自己先归来了。

〔2〕二町目指吉原京町二丁目，为江户公娼集中的地方。

〔3〕格子系指木制直格。吉原旧时妓女列坐格子内，任游客选择，若货物然，亦有熟客就窗外立谈，将头靠近格子，致脸上有痕者。

〔4〕原文云"源之助"，谓泽村源之助，当时名优，以演恋爱剧中小生出名。

〔5〕旧时日本小说作者常在书中出来说话，对于故事有所说明，甚或借以作广告，宣传自己所售的药品等。

〔6〕"吃屎去"犹云"放屁"，江户语"可吃"（kunbei）

与军配（gunpei）音近，故双关的连下去说"军配团扇"，——旧时将帅指挥军事用的"掌扇"，此种语言上的游戏，不易翻译，只好在可能的时候改用意译，以见一斑。

〔7〕旧时至妓院游玩付不出钱，及此外有犯规则时，如"跳槽"等，吉原有一定制裁，今但统译其大意罢了。

〔8〕江户昔有名野吕松勘兵卫者，善演木头人戏，所做木头人形状，头扁平，色青黑，状甚滑稽，一时甚见称赏，名野吕松人形。后因此而称蠢笨的人，改写为"钝间"（noroma）。

〔9〕扫墓旧俗于洒扫之外，并供鲜花，此处原意指花钱，但妓院的缠头亦称作"花"，故义系双关，下文全堂的花原文云"总花"，乃属后者的意思。有阔老入妓院，给予"总花"，即总付该院内全部娼妓的代价。

〔10〕"到寺里去"即言扫墓去，因日本人什九奉佛，各家有檀那寺，世代祖先悉葬在那里，故上寺去并不专为礼佛，实重在敬礼祖先。

〔11〕日本宽永通宝钱凡有两种，普通者值一文，其背有波纹者以一枚当四文。此里言买花总值三十文，只肯付二十八文，盖说他的啬刻。

〔12〕此处原文取字音相近，表示诙谐，今从意译，故无从了解了。

〔13〕江户时代法律通奸有死罪，得以当场杀死，惟本夫亦有从宽者，例由奸夫出银七两二分，作为赔偿。

〔14〕结婚时所唱谣曲，即指《高砂》，凡祝贺时多用之。

〔15〕结婚中最简单的一种，但尚有新迁一处，男女同时住下，形似一同迁来者，则更无什么仪式了。

〔16〕日本旧俗，出嫁妇女齿皆染黑，系用铁浸醋中取汁，故称铁浆。

〔17〕此系一句俗语，意云不将事情说明，有些丑事显出，便脉络不能明了，此俗语用于须说出什么秘密事情的时候。

〔18〕事实上虽没有用什么轿，但通常说新娘总是说抬来了，实隐含有这种意思。

〔19〕豆板酱原文云味噌，在制酱汤的时候需要将酱研细，装入乳钵用擂槌细研，此处刨松鱼为碎片，加入汤内煮成。

〔20〕鱿鱼古名柔鱼，《本草图经》乌贼鱼其无骨者名柔鱼，《闽中海错疏》称其似乌贼而长，色紫。日本晒干用火烤，于祝贺仪式上多用之。三三九度系指结婚举行交杯的仪式，用三组的酒杯，各献酬三次，共计九回。

〔21〕原文云椎实，状如栎树，结实如皂斗而小，可食，或云形似锥故名，那么原是汉名，不过不曾见过。日本大辞典云，汉名柯树，未详所本。今姑译作野榧果。

〔22〕所谓通人，就是雅人，与俗人相对，言其通达世故人情，后来则指熟悉花柳社会情形者，便意义大有改变了。

〔23〕头顶凹凸不平，剃头的便很为难，不易下刀，故言罪重。

〔24〕日本佛教净土真宗的祖师亲鸾及其高弟二十四人的寺院，信徒朝拜遗迹，称为二十四辈，此言头上凹凸甚多，遍历一次，可以相当。

〔25〕"奴旧迹"承上文名所旧迹而来，上加"奴"表示轻蔑之意。

〔26〕杨弓以杨木所做，二尺八寸长的小弓，供游客习射的地方，有美妇为客拾箭，招引冶游者，称杨弓场。土弓席则与杨弓相对，系大弓的射垛，取其与"奴旧迹"一语声音相同。

〔27〕上文二十四辈系是真宗，故这里问是何宗旨。日本佛教中宗旨纷歧，各不相下，如法华宗信者至有"净土无间，禅天魔，真言亡国"的口号，江户政府因禁止天主教，亦鼓励人民信奉佛教，以此更引起人民这宗旨之争来了。

〔28〕山王老爷此处系指江户赤坂地方日枝神社所祀的神。本来这不是佛教的任何佛菩萨，乃是神道教中大三轮神，作为佛教的护法，称号曰山王。阴历六月十五日举行赛会。极为热闹，为江户二大祭之一。

〔29〕此指净土宗及法华宗，前者念南无阿弥陀佛，后者念南无妙法莲华经，称为"御题目"，以代佛号。

〔30〕在山王赛会上一种用具，系一四角木箱，上写什么神社御祭礼，住民一同等字，饰以各种花朵。

〔31〕吹火汉子（Hyottoko）系一种假面，状如一人吹火的样子，装作尖嘴，圆眼又左右大小不一，甚为滑稽。

〔32〕音羽屋为当时名优尾上菊五郎的称号。

〔33〕俗语云，俗人与妖怪在箱根以东是没有的。江户在箱根山的东边，这里便是江户人的自夸，说他人的里边找不出这两种物事。

〔34〕江户子即江户人自夸的名称，谓生长在江户的人。

〔35〕因为嘲弄的人又增加了一个，故云来了大军。

〔36〕这里熊公系模仿说书人的口气，在谣曲《船辨庆》中有句云，其实义经一点儿都不惊慌，此处即袭用其语。

〔37〕"多少匹"即云多少个人，这里称匹乃作牛马计算，表示轻蔑。

〔38〕捉迷藏，寻草鞋，皆儿童游戏名。在众中选择一人称作"鬼"，令捕捉人或找寻草鞋。

〔39〕一分为银一两之四分之一，约值后世金二十五钱。

〔40〕原本这里有一注一行云，本町二丁目香粉的名称。

〔41〕江户水乃一种化妆水，由三马创制发售，这里兼带一种自己广告的意思。

〔42〕下村为常盘桥两替町的下村山城掾的店，松村为住吉町的松村庄左卫门的店，皆以头油著名。

〔43〕玉屋售胭脂，在日本桥本町二丁目。

〔44〕泽村源之助即尾上松助，当时的名优。

〔45〕日本高野山真言宗寺院照例禁止妇女登山，挂"女人禁制"的牌子，但现在已无此例，所有僧侣均已娶妻食肉，与在家人没有两样了。

〔46〕这是说有了麻脸，可以拒绝，无挂牌子的必要了。

〔47〕意云小白脸为女人所追求，不胜其烦，有甚好处？

〔48〕幸四郎即松本幸四郎，此为第五代袭名，在当时很有名。

〔49〕四百为下等娼妓的缠头。

〔50〕相爱的男女虑有外来的障害，常以截发切手指，表示衷情，甚者至以死殉，称为"心中死"，亦云情死。今手指有创，故戏言对于砧板表示心中。

〔51〕戏中朝会常有侯爷（大名）数人列坐，状甚尊严，而无所表演，犹中国之跑龙套，故今用以嘲笑在旁的众人。

〔52〕曾我五郎十郎兄弟报仇的故事，戏剧上演出曾我兄弟皆甚为穷困。

〔53〕"七个脚色"谓以一人兼演七役，即就曾我十郎，五郎，鬼王，团三，工藤，朝比奈，虎御前，少将这八个人中，演七个脚色。团三即道三郎，与鬼王二人同为曾我的家臣，竭尽忠义者，工藤祐经则是曾我家杀父的仇人。

六　婀娜文字

正在说话的时候，又有一个人跑来，绊了一下子，一只木屐就落下翻转过来了。

熊公："呵，来了！雨伞翻过来，变做一只猫[1]，木屐翻过来变做了赤脚。"便嘣嘣的拍起手来。

传法："到雷门的后面[2]去陈列起来，岂不好么。"

辰公："怎么样，熊公？"

熊公："小白脸，怎么样？"

辰公："龟爷，传爷，你们早呀。鬓爷，怎么样？后边还有人么？"

鬓五郎："还有五个。"

辰公："那可了不得。去了再来吧。"

熊公："又到新开路去么？"

辰公："什么，我又不是你。"说着走出去了。

传法："新开路是什么？"

熊公："艺人的家里。"

传法："艺人又是什么？"

熊公："不知道么？现在如不明白，等到大扫除[3]再说吧。"

鬓五郎："者字号[4]吧。"

传法："唔，是婀娜文字[5]么？"

熊公："这样说来，倒有婀娜的娇音呢。"

龟公："那个家伙，近来为了女人正是血脉偾张哩。"

鬓五郎："不是真心迷恋，也只是因了怕惧[6]罢了。"

熊公："别这样说，他还是师兄哩！"

龟公："排列老大……"

传法："喔，雅号老傻[7]吧？"

熊公："真是会妒忌人的家伙。去问问婀娜文字看吧。熊爷的声音很是熟练，长锈[8]了，更是好哩！"

龟公："说这些话，喂得饱饱的了。"

传法："锈得不好时，锈了进去到了里面，只好当废铁了。"

熊公："就说是这边给帮忙，无论怎样也不能有多大好处。可是每逢开温习会，熊爷给一场帮忙，谁都没有说什么二话的。"

传法："温习会开了，帮什么忙呢？"

龟公："大概是分配赤豆饭[9]吧？"

传法："顶好到火烧场[10]也去一趟吧。"

鬓五郎："熊公登台说书的时候，弹三弦的乃是彦兵卫。"

龟公："彦兵卫。这是一个滑稽的家伙。那一定是很好玩的吧。"

熊公："又说这件事，又说这件事！一点不有趣。"

鬓五郎："这是说《回头轿子》[11]的时候，先生因为有读不懂的地方，所以本练习教本上随处加了些圆圈呀三角呀的记号，这才总算记得了。好吧，到了紧要关键，先生闭了眼睛，正在拼命用力的当儿，彦兵卫弹着三弦，却将书本翻转了四五叶^①去，装出若无其事的样子。先生一点都不知道呀。等到紧要关键已经过去，要看以后的记号怎样，睁大了眼睛时，只见已经是印着小舟町二丁目中之桥大街，伊贺屋勘右卫门板¹²的地方了。于是大吃一惊，急忙一叶一叶的翻，想看个明白的时候，彦兵卫却又故意作弄人似的大声吆喝，弹着三弦。这边是狼狈极了，张皇失措的不知怎么是好。在这样那样的时候，听着的人说起坏话来了。"

熊公："这个，这个。请你适可而止吧！老说这样无聊的事情干什么。"看着外边，笑嘻嘻的说道："阿呀阿呀！奇事，奇事！"

龟公："什么事？"

熊公："嘿嘿，宝贵的东西。"

传法："我说这是什么呀？"

熊公："嘿嘿，正说着他的闲话¹³嘛！"

鬓五郎："是谁，是谁呀？"

龟公："彦兵卫么？"

熊公："嘿，影子就出来了！"

说着这话的时候，隔壁浮世澡堂的妇女部的门开了，叫作婀娜文字的女人带了十四五岁的女弟子，叫她拿着浴衣，像初出浴的样子，走了过来。熊公特地让她好看见，拉开纸门站着。

传法："门再开大点吧。"

---

① 叶，旧同"页"。

熊公："嗳，知道了。"再打开一点，婀娜文字听见开门的声音，注意这边。

婀娜回顾头来道："哎呀，熊爷。"

熊公："婀娜姐，怎么样？请抽一袋烟去。起得异常的早呀。现在刚敲过四点[14]嘛。"

婀娜："哎呀，真的吗？"走近前来说道："哎呀哎呀，各位到齐在这里。鬓爷。"

鬓五郎："前几时[15]……"

婀娜："嗳，好久了。"巧妙的招呼人。"阿吉姐怎么样呢？简直一向没有看见呀。什么呀，藤哥儿可好么？前些日子告诉你的灵符[16]，可曾用过么？"

鬓五郎："嗳，多谢多谢。托了那符的福，很见好了。真是还没有得前去道谢哩。"

婀娜："说什么道谢，呵呵呵。"看店里面："哎呀哎呀，我道是谁呢，龟爷。好久不见光顾了。这样的冷淡人也只好请随意[17]吧！"

龟公："很是对不起。近来老是贪心想多挣点钱嘛。"

婀娜："贪心倒是好的，不过怕贪心到要不得的方面[18]去吧！"

龟公："那倒是并不。"

婀娜："熊爷，你昨天晚上不曾到场，母亲很等着你呢。"

传法："熊公昨天晚上到那边[19]去了。"

婀娜："哎呀，真的吗？传爷，你也是一起去的吧。难怪满脸的渴睡相呢。真是的，龟公，你也请过来。一向太是冷淡了呀。

你们三位凑在一起，又会得想出什么好玩的事来的。哎呀哎呀，这倒忘记了！传爷，昨天拜托的事情，已经成功了。等一会儿请过来吧。龟爷也来，请同了熊爷传爷一块儿过来。"

三人："嗳，嗳。"

婀娜："嗳，再见了！"说着弯弯腰。"还有鬓爷。请来再讲鬼的故事，呵呵呵！"

鬓五郎："让我再来吓你们一下吧。"

婀娜："替我对阿吉姐问好吧。藤哥儿好好保养。嗳，再会。"回过头去，一看同来的小妞儿[20]，随即走去。小妞儿跟在后面走着，回头对着熊公嘲笑。

小妞儿："熊爷这瘫子！熊公这傻子呀，熊公这傻子！"

熊公："什么呀，这个小丫头！"一只脚咚的一踏，装作追赶的样子。

小妞儿哇的嚷了一声，向前跑了两三步。婀娜文字向后回顾。

婀娜："什么事呀，这个孩子。我说是不要闹着玩！"说着将眉毛现出了八字，更觉得娇媚，此其所以称婀娜文字的吧。

传法："说话很漂亮。"

鬓五郎："那个孩子原来应酬很有功夫。"

龟公："特别是艺妓应酬好是块招牌嘛。"

熊公："所以有那么的行时，第一出局很能干，而且技艺也来得，再加上脸子生得引人，那是鬼拿铁棒[21]，大佛加莲花了。"

鬓五郎："喊，看呀，有好看的女人[22]过来了。"

龟公："这个，剃刀别掉了下来！不能只申斥阿留呀。是吧，阿留。你看那个样子，连师傅都是那样的嘛。"

熊公："哎呀哎呀，真不错，真不错。"

龟公："非常的，好美的家伙。什么，穿着绉绸的全身服装，厚板的带子，真是不俗。正是盛年的好时候。"

熊公："可惜的事是女人有了子女了。"

传法："那个系着博多织的带子的大概是妹子吧。"

龟公："非常华美的打扮。"

熊公："看那妹子的样子吧。同那姊姊简直是完全的不同。鼻子塌下，眼睛乌珠陷了进去。"

龟公："假发可见是梳头的所搞。头上很是神气，可是衣裾底下似乎是没有收束。"

传法："这是所谓腰下开放，便是说这个吧。"

熊公："脸和身体是各别的。"

角公："啼声恰似怪鸥[23]。"

传法："还有请看吧，本来就几乎没有什么的后襟，用剃刀剃进去，痕迹还有铁青的，无论多少白粉涂了上去，却还看去像是旦脚的胡子。"

鬓五郎："与其那样，还不如像和尚后襟[24]的好。那照本来的样了就行了嘛。"

龟公："那后颈笔直的人，也看去爽快得好。"

熊公："平常的女人，无论怎样打扮得好，说真话，到底有谁赶得上江户的艺妓的。十个人聚在一起，头发的梳法就是一个样子，还有那种意气，那种人品，说句鄙陋的话，恐怕还不止是这些哩。所以我是——"

龟公："浑东西，又是婀娜文字么？"

熊公："真是最爱抢先插嘴的人。只是说句捧场的话就是了。并没有什么好玩的。"说着鼓着两颊。

传法："好吧，好吧。别生气了。一会儿卖点心的来了，给你买吧。老老实实的等着。一会儿就有好看的大姐儿来了。"²⁵

龟公："喊喊，卖点心的来了，卖点心的来了。这样很好。妙呀，妙呀！"

【注解】

〔1〕此为玩具店在门口呼客叫卖的口调，在江户浅草观音寺的境内，有龟山忠兵卫的店，专卖这类玩具，叫作"蹦啦跳啦变化啦"，亦称"龟山的妖怪"，有罩在伞底下的人翻转过来，变成了一只猫，此类玩具尚多。

〔2〕雷门的后面即是观音堂所在，正当的名称是金龙山浅草寺，但普通只叫作浅草的观音罢了。寺的山门本来有风雷二神的像，故门以雷神得名，今像已不存，而地名如故。

〔3〕日本每年照例于年底举行大扫除，平时有什物找不到，常于那时候发见，因各角落无不搜查到。

〔4〕原文云"者"，为"其者"之略，大意可云"此道中人"，指非寻常妇女，为艺妓或娼妓之属。

〔5〕净琉璃丰后节为江户政府所禁止，分为富本节及常盘津节两种调子。常盘津节之创始人为常盘津文字太夫，其后一派弟子多以文字为名，这里称某文字大抵即指此派的女师傅。此处本写作"仇文字"，因仇虽训作仇敌，而读作ada，与婀娜相同，故亦可借训作娇冶，今改写为"婀娜文字"，庶不致误解。

〔6〕因为怕惧某人的势力，对他特别加以优待，称为"强持"（kowamote），没有适切的译语，只能成为冗长的意译了。

〔7〕日本人旧说长子多迟钝，不及诸弟的机灵，称之曰老傻。

〔8〕俗称声音圆熟老到，谓有闲寂之趣，称曰sabi，写作"寂"字，与生锈同音，此处本取双关，但因下文"锈"字没有着落。故在这里多插一句以补足之。

〔9〕有喜庆事的时候，例用赤饭，系以江米入蒸笼中蒸熟，加入赤小豆，一名强饭，以别于用锅煮的米饭。

〔10〕意云帮忙到底，连火葬时也到场。

〔11〕"回头轿子"是常盘津舞踊剧之一，为樱田治助所作，说次郎作和与四郎两个轿夫，途中叙说妓院中情事。

〔12〕此处乃指书本的末一页，照例写出板①书店名的地方，伊贺屋店号"文龟堂"，专出板通俗小说及曲艺等书。

〔13〕俗语云，"说着闲话，影子就到"，犹中国的"说着曹操，曹操就到"。

〔14〕日本古时计时很是特别，昼夜各分为六点，子午正都

---

① 出版，今写作出版。

称九点，以后一小时作为半点，依数目逆数，如十二时为九点，则一时为九点半，二时为八点，四时为七点，十一时为四点半，以下便又是九点了。这里说四点，即是上午的十时。

〔15〕"前几时"略去下文，系招呼例语，意云前几天看见你，种种的失礼了。

〔16〕灵符指各神社寺院所出的符篆，有神像或文字种种。

〔17〕人家不来访问，表示见怪，此为极俏皮的表示。

〔18〕此处暗示妓院。

〔19〕那边即指吉原，为公娼所在地。

〔20〕小妞儿为十岁左右的女儿，在艺妓处见习，兼服杂务，稍习艺事，及年纪少长，就成雏妓了。

〔21〕俗语"鬼拿铁棒"，譬喻强上加强，意云全美，大佛加莲花，则是临时加上去的，为原来所无。

〔22〕女人原文云"年增"，意云年华老大，盖古时以女子二十岁为年青，过此以后便算过了妙龄了。

〔23〕此系模仿展览异物的人口头的说话，因上文说脸与身体各别，故续言啼声似怪鸱，谓其实在乃是怪物。

〔24〕"和尚后襟"指僧纲衣领高耸，高出顶上，故颈短头圆的女人，称僧纲领，亦云和尚后襟。

〔25〕此一节话盖仿大人哄骗小孩的说法，说给点心吃。末了又说有大姐儿来了。

七　卖点心的

说着这话的时候，有人撑着阳伞，肩上抗着堆得很高的点心盒子，叫卖来了。这样卖点心的在江户有四五人，因了方向分开，人物也不一样。

卖点心的："西洋羊羹，本地羊羹，满月饼和绢面饼。"[1]

龟公："喊喊。要买点心。"

卖点心的："嗳，嗳。"

传法："请你送给在那里的这位哥儿[2]吃吧。"

卖点心的："嗳，嗳。"一面笑着。

龟公："喊，熊公你吃吧。"

熊公："点心我不想吃。"

传法："吃吧。我是酒量小的人，只是吃迎接糕饼[3]吧。"

熊公："我是今朝也不想吃迎接酒了。昨天晚上，醉的一塌糊涂了。"

传法："喊，卖糕饼的，这里是多少钱？"

卖点心的："嗳，这地方是三十二文，这个是二十四文，这里边是四文和八文。"

龟公："这是什么呀？"

卖点心的："这是狸子饼。"

龟公："呃，狐狸颜色[4]嘛。"

熊公："那么，这个呢？"

传法："不是貉子饼[5]吧。"

熊公："照这个样子，很可以做点生意呢。你像每日走着叫卖的样子，在这里说了来看。"

卖点心的："嗳，嘿嘿。"笑着不说话。

鬓五郎："你说着好了。又会有生意来的呀。"

卖点心的："嗳。"便认真的用了大声说："西洋羊羹，本地羊羹，满月饼和绢面饼。美作饼，蛋糕卷，小鹿儿饼[6]。牛蔓饼，葛饼，葛粉馒头[7]。鸡蛋糕，红梅，浅茅软糖[8]。南京樱和水仙卷，中华馒头[9]。栗壳饼，莺饼，薄雪馒头和阿倍川饼[10]。嗓子里辣辣的胡椒饼，浅茅的三角饼和狸子饼，卷饼和驴打滚[11]。"

传法："好呀，好呀！"

熊公："真行，真行。"

这时候有近地的少爷们，两三个人一起，走了进来。

德太郎："嗳，对不起。"这样说了，似乎不便走过豪杰们的中间。

鬓五郎："呀，老爷，你来啦。"

德太郎："嗳，今天好。"

鬓五郎："大家今天很是整齐呀。"

德太郎："嗳，有点商量的事。"

圣吉：“鬓爷，怎么样？"

鬓五郎：“呀，圣爷，贤藏爷。"

贤藏：“前几时……"说着从豪杰的后面走过。“呀，对不起，请原谅。"

这时候豪杰付钱给卖点心的，卖点心的对众人行礼，便即回去。

传法：“喊，龟公，回去吗？"

龟公：“唔。"

传法：“我也走吧．"

龟公：“真偷懒的非常之久了。"

熊公：“这样又要把我丢下跑了[12]吗？以为逃跑的只有老婆，哪里知道还有朋友要逃跑呢？"模仿净琉璃的文句：“你一个人独自要去，那是太无情的行动，我也想同你走，一把抱住了男人的膝头，哇的一声哭了出来，哇，哇，哇，哇！"

龟公：“真可怕的文句，再用了你的脸子哭了起来，那简直是桔子船里的地动[13]，无法可施了。"

熊公：“好吧，请你抛下好了。我一个人去吧，这个，其实也好，可是肚子的情形不大好。大家不来交一回朋友么？想把肚子整理一下子呢。"

传法：“到哪里去？"

熊公：“随便哪里都行吧。这是熊爷的即期支票[14]嘛。"

二人：“去吧，去吧。"对着鬓五郎说：“喊，再见了。"

鬓五郎：“请去了来吧。——老爷，立刻就请……"

德太郎："阿呀，那么来得时间正好呀。"

鬓五郎："这中间本来还有两三个人，可是没有来，所以不要紧。——阿留，趁这个时间去吃饭吧。"

留吉："嗳，你也吃吧。"

鬓五郎："还是你去吧。"

留吉："嗳。"

德太郎："还是早饭前么？"

鬓五郎："是，今天早上，睡了早觉了。"

德太郎："那么还是请去吃了来吧。"这时候老婆阿吉从里边走了出来。

阿吉："各位都来的早。真是岂有此理的冷的天气。"弯着腰，打过招呼，回过来对鬓五郎说："老爷既是这样的说了，你就上去¹⁵一会儿。恐怕觉得冷了吧。"

鬓五郎："嗳。"对着这边打招呼："那么对不起了。没有吃早饭就做着工，觉得凉飕飕的有点冷。"

德太郎："那是自然的。请你不必客气，饱吃一顿了来。"

鬓五郎："喊，阿留，来吧。"

留吉："嗳。"进到里边去。

在这时候，有背了一个绿色的包裹，系着裤子¹⁶的男人，在门口向里面探望，叫道："鬓爷，好冷天气。"¹⁷

鬓五郎在里边回答："嗳，栉八爷来了。"

栉八："今天请照顾。"¹⁸

鬓五郎："嗳，今天行了。"

栉八："嗳，前几天的蓖箕怎么样？"

鬓五郎："嗳，还不曾用哩。"

栉八："呵，仍旧原封不动么？嗳，再见。"倒退出去，跨出门槛，踏着睡在门口的狗脚上。

狗叫："汪汪！"

栉八："喔，请原谅！"正说着，后面有沙弥同了瞎眼的和尚大声叫道："请求帮助！"

栉八吓了一跳，说道："嗄！"

巳刻报四点 [19] 钟声：嗡。

【注解】

〔1〕用纯净豆沙加入白糖及石花，凝结而成，其色深紫，云源出中国，旧名羊肝饼，转为羊羹。有中间加米粉者为蒸羊羹，这里所谓西洋羊羹，盖即指此，平常的一种则即是本地羊羹也。满月饼如茯苓饼的做法，唯中夹豆沙，原名"最中"，意言中央，即指其形如中秋之月。绢面饼系糯米饭捣作糕，表面光洁如绢绸，故名，日本糕饼同训，普通称饼的东西实际上却是一样的糕。

〔2〕戏言，系指熊公。

〔3〕宿醉未醒的人接连吃酒，称云迎接酒，谓能使酒意发散，今吃点心故戏言"迎接点心"。

〔4〕狐狸颜色即棕色，因点心名为狸子饼，故意的说狐狸。

〔5〕并无此种点心，因上文狐狸而引出来的戏语。

〔6〕美作饼本系美作地方祝贺礼品，传于江户而加以改良者，乃椭圆形有馅的糕饼，染成红绿二色。小鹿儿饼系含馅的饼，煮赤小豆附着在上里，状如鹿斑，故名。

〔7〕牛蔓未详。葛粉馒头乃以葛粉中包豆馅，表皮透明。

〔8〕红梅以麦粉加糖及鸡蛋，作成梅花形，染成红色。浅茅软糖系牛皮糖之类。

〔9〕水仙卷以葛粉加糖制成，略如鸡蛋卷的样子。中华馒头以麦粉和鸡蛋为皮，中裹豆馅，作扁平形，蒸烤而成。

〔10〕栗壳饼外着米粒，状略似栗壳。莺饼裹豆馅，捏成菱形，外掺青色米粉，取其状似黄莺。薄雪馒头以麦粉鸡蛋制成，外掺白糖。阿倍川饼系以地名，内系年糕，外以黄豆粉加糖掺之，略如北京的驴打滚。

〔11〕狸子饼未详，疑系指颜色而言。驴打滚原云"馅转饼"，谓在馅中滚转，即是裹馅在外面。

〔12〕参看初编卷上五节注〔1〕，51页。

〔13〕中西善三注云，言无法可施。此盖系俗语，究竟如何关系，仍属未详。

〔14〕即期支票谓到处有效，熊公自己夸示面子之大。

〔15〕"上去"谓到里边去，指店堂内的一间，系铺有席子的住室，也即是吃饭的地方。

〔16〕此指工人打扮，平常人穿长的和服，只系一条短的袴衩，劳动者则着短衣，底下便用长的袴子。

〔17〕日本人相见招呼，常用天气作材料，如早晚冷暖，只是一种习惯语句罢了。

〔18〕原语只是说"今天好好的"，下文隐藏着，但意思不能明白，所以补足说明了。

〔19〕参看初编卷上六节注〔14〕，64-65页，巳刻四点即上午十时。

初编卷中

和愚人谈论是无益的。

八 德太郎与伙伴

圣吉："喊喊，我要请你看昨天来的那封信。里边有地方，我总是不能懂得。"说着从怀里取出信来，把要紧的地方给人看。"这里没有问题。看吧，从此处起。昨晚所约之金子五枚领收。这是演义里边常见的文句，所以大概是懂得的。"

贤藏："就是说银五两的事吧？"

德太郎："这是借钱的信吧？"

圣吉："是的。"[1]

贤藏："呀，惶恐得很。借给她了吧。"

圣吉："这地方觉得也可怜相，所以略加雨露之情嘛。"

德太郎："这真是难得[2]了。"

圣吉："在这里你们听着吧。本应早日奉复，致伊耶[3]之意，但因昨日略感风寒，服务处所[4]亦正在休假中，——就是这地方。写信来借五两银子，又说本应早日致伊耶之意，这是什么意思呢？如果说讨厌，那么就不写信来好了。还意思说我没有说讨厌，就赶快给了她的事情呢？"

德太郎："喊喊，这也是足下的不对了。所以说你应当从文

074

字方面进去一点才好。"

圣吉："什么？要去说丰后节的书,这文句就能了解了^{5}么？"

德太郎："什么呀,只要多读一点什么书,就可以知道了。书本里边所写的伊耶,即是和文里的礼的事嘛。这礼当然是礼义的礼,和训读作伊耶。在演义里却弄错了,把它当作谢礼讲了,应当说致感谢之意的地方,说成致伊耶之意,以为可以通用,遂致传讹了。原来信里说早日奉复敬致谢忱吧。可怜的事情是在那女人本无过错,只是给她写那信的样本的人不行罢了。"

圣吉："哈哈,那就明白了。"

贤藏："原来有人给写那信的样本的吗？"

德太郎："当然有,当然的。略为懂得一点狂歌俳谐^{6}什么的人,或是冒充泷本派^{7}笔法的,都写那些样本给人呀。"

圣吉："这样讲懂得了,懂得了。请看这个吧。那一定的文句惶恐谨言,似乎觉得古旧了,近时便用诚惶诚恐的说法,在这信里却又省略了,什么都没有。请看这里。且待近日见面之时节,祢宜末久路泥南无,这样写着。"

贤藏："怪了,祢宜末久路泥南无,似乎是说礼拜葱和鲔鱼^{8}了。"

圣吉："不懂得它的意思吧？"

贤藏："不懂得呀。"

德太郎："喊喊,足下们都是不读书不写字的同志嘛。所以是叫作俗物。实在是太可叹了。如不再明白一点,懂得点情理起来,那我只谢不敏了。"

圣吉："可是，这如写得使大家都能明白，岂不是好。照这个样子，只有自己一个知道，对方不能懂得什么意思。假如这样，寄一张白纸来，更要好得多了。"

德太郎："这是读的方法不对呀。祢宜末津留泥南无，这是留字假名写的大了，津字不好连续，所以读成末久路了。本来祢宜末津留泥南无，便是见面之时节奉求的意思。"

圣吉："呵，所以说祢宜末津留的吗？"

贤藏："本来不末津留[9]也行嘛。"

德太郎："末津留就是奉字，如男子写信就是奉愿候[10]的意思。"

圣吉："不必这样麻烦的写，岂不也行了吗。"

贤藏："也还是专此奉候啦，等着啦，什么惶恐谨言这样的写，倒通俗好懂。"

圣吉："是嘛，是嘛。可是那些家伙，不知道搞的是什么东西。看的人固然不懂，连写的人也是不懂得，所以也是可怜得很。"[11]

德太郎："近来写这些信的人，因为也弄些古学的缘故。"

圣吉："什么是古学？"

德太郎："就是学一点万叶家的样子嘛。"

圣吉："万叶家是古怪名字的唐人[12]呀。"

德太郎："这真是什么也不明白。万叶家就是说古风，即是旧式的歌调。"

贤藏："旧式的歌调那是枫江呀，露友[13]的调子吗？"

圣吉："同现在的千藏和芳村[14]是歌调不一样的吧？"

德太郎："这样的事怎么也不懂得。好像是同唐人说着话似的。"

圣吉："那是当然的事啰。这边咬留吧的纪国屋，红毛的音羽屋[15]的美男子嘛。"

贤藏："反正总不能在日本说是美男子吧。这里请看吧。这是咬留吧的东印度公司，红毛的分号。了望所的远景，松树两棵，还有三个大姐儿，都藏在这样小小的匣子里边。看哪，立在那里的唐人[16]，在窗口正在打着招呼。枫树长的样子多好，松树多么粗。怎么样，请你也看一看吧。这眼镜是红毛国的千里镜。"

德太郎："好呀，好呀。怎么样，怎么样。"

贤藏："这个你们不知道吧。虽然你知道什么古时候的万叶家，这种声调不知道吧。"

德太郎："什么呀。这种事情，不知道也算了吧。"

圣吉："我很知道这些，这是立在通町把各式各样的眼镜借给人去看的人嘛。"

贤藏："唔，你倒很知道，可以算是百事通的人。那些虽然知道万叶家的，过了时的人，就什么也不懂了。"

德太郎："这却是为了难了。因了别致的事情却受起窘来了。"

贤藏："已经有十四五年了，还看见他过，似乎近时早已故去了吧，就不再看见他了。"

圣吉："所以嘛，十四五年以后的事情，已经过了时，就不再知道，叫作什么万叶家的远古的事情哪里会知道呢？这就不能说是百事通了。总之要是什么都能知道的话，那才可以说是百事通哩。"

贤藏："什么呀，万叶家什么都是没有用的东西。"

德太郎："这样的说也是没法，但是我对于足下也有点意见，可以稍为求点学问。"

圣吉："学像声[17]吗？"

贤藏："什么？"

德太郎："学问呀。"

圣吉："什么，与其读《论语》的不懂《论语》[18]，还不如不读《论语》的不懂《论语》要好的多。"

贤藏："不识认得字，只要有钱就好了吧。"

德太郎："只识认字，不能算是学问。这样的想头是错误的。"

圣吉："不过也只是认识字罢了。有了学问，真正品行好的人也并不多。"

贤藏："是呀，是呀。与其认识字，还不如学三弦，弹舞蹈的曲子好得多呢。认识怪难的字，这有多少的不上算呀。试看观音菩萨的音字好了。简单的写是七百，烦难的便是六百[19]了。这样看起来，正像是剪了舌头的麻雀[20]的竹箱一样，还是分量轻的好。那个，行么？喏，那个，是七百嘛。"用了火筷，在灰上面写了来给大家看。"那个，烦难的写就是六百。看见了吧，这个字。为了一点点就要吃一百的亏。"

德太郎："这个，像足下等真是难以济救的人们。我不再说什么了，请你们随意好了吧。"

圣吉："可是那远古的万叶家，连那西洋镜都不知道。"

贤藏："这个，且丢下吧。知道情理也罢，不知道情理也罢，百事通的百事不通。"

圣吉："唔，好吧，好吧。"

【注解】

〔1〕借钱原作"无心"，即是不客气的要钱。此句原云"无字号"，即系无心的隐语。

〔2〕原文云"难有"，表示感谢，但亦用作贬词，意云老实头人，特别指对于女人的迷恋，或称作"甜"。

〔3〕古语礼曰伊耶，系礼义之意，后世俗语亦称谢意曰御礼，故致混而为一，如下文所说。

〔4〕普通服务办公之处称曰"役所"，妓女亦仿照此例，以妓院称作役所。

〔5〕上面德太郎说须懂得一点文字，才能了解，这里却拉去与丰后节相混，因这一派的艺人常以什么文字取名，参考初编卷上六节注〔5〕，63-64页。

〔6〕和歌为日本的短歌，以三十一音为一首，有一种务为滑稽体的则称为狂歌。俳谐本是俳谐连歌之略，也是一种滑稽体的歌，但以一首短歌分为二联，即上片十七音，下片十四音，由二人分咏，接连下去，有三十六韵，五十韵以至百韵。其后俳句即由此转变而出，截取上片十七首，遂独立成为别的一种韵文了。

〔7〕泷本派亦称松花堂派，为日本书家的一流派，祖师为泷本坊昭乘，以写假名文字著名。

〔8〕葱名祢宜，鲔鱼名末久路，南无用于南无阿弥陀佛，故可以牵强作如是解。葱与鲔鱼同煮，俗称祢宜末，为日本常见的肴馔。

〔9〕末津留为祢宜的接尾语，只是表示敬意，并无独立的意义，但如单用亦可作祭祀崇拜讲。

〔10〕"候"是侍候的意思，此里只是敬语，旧时日本官厅等正式公文均须用此种形式，几乎每半句中即用一候字，故称为"候文"。

〔11〕这里著者对于那些一知半解的写信的人，暗致非难。

〔12〕唐人指中国人，因中国俗称唐山，但后来也泛称外国人，如下文所说唐人便是。

〔13〕富士田枫江，荻江露友，均为长呗的名人。日本长呗系歌曲的一种，意云长歌，但写作"呗"字，与和歌性质完全不同，用三弦伴奏。

〔14〕富士田千藏，芳村伊三郎，均是当时长呗的名人。

〔15〕咬留吧即印度尼西亚的爪哇岛，红毛系荷兰俗称。纪国屋原名沢村宗十郎，音羽屋原名尾上菊五郎，均是日本名优。

〔16〕这里"唐人"指荷兰人，后来分别开来，称西洋人为"毛唐"，意言有毛的唐人。

〔17〕"学问"（monomanabi）与"物真似"（monomane）读音相近，遂致混淆，物真似者模仿各种人物的言动，及动物的

鸣声，在杂耍场演出。与像声的不尽相同，今姑用熟习的名称。

〔18〕世俗嘲儒生的话，云读《论语》者不懂《论语》，今更进一步，说不如不读《论语》的不懂《论语》，意更深长。

〔19〕观音的音字，草书是七百，真书便是六百，这原是文字游戏，下文用火筷在灰上写，本文且有真草两种字，今只能从略。此故事见于露五郎兵卫所著的《笑话集》中，说八百屋（青菜店）请求观音的帮助，观音引真书六百，草书七百的话，表示与八百屋无缘。露五郎兵卫的书在一六九八年出板，比三马要早一百十五年，可见这话早已有了。

〔20〕剪了舌头的麻雀原本云舌切雀，是日本通行的民间故事的一篇，说有老太婆因为讨厌麻雀要来吃她的浆衣服的浆糊，乃捕麻雀剪去了舌头。老头儿却很可怜麻雀，走去访问，大受麻雀们的欢迎，加以款待，临走以竹箱见赠，老头儿挑选了分量较轻的一个背了回来，打开来看乃全是珍宝。老太婆也照样的做，把重的竹箱驮了回家，想不到里边出来了一群妖怪。

九 评论女人

正说着话，鬓五郎留吉两人从里边出来。

鬓五郎："劳大家久候了。"

德太郎："特别快的早饭呀。——那个那个，看外边，外边。"用手指指着，大家都看外边。

圣吉："哈哈，很清清楚楚的浮现出来[1]了。"

贤藏："是个美女呀。"

圣吉："不是万叶家吧。"

贤藏："是馒头家。"[2]

德太郎："好讨厌。"

圣吉："哈哈，紫湖绉的衣裳，带子是八端织。"[3]

贤藏："衣裳看得很是清楚，我是只看那脸，所以此外都不看见。"

圣吉："这里稍为有点不同。头上大略总计值三十两，梳子是散斑的玳瑁，搔头是时样的两支，后边的簪稍为样式过时，可是也是玳瑁的。"

贤藏："眼睛两只，完全无缺，鼻梁笔直，通到爪尖。"

圣吉："嘴巴裂开，直到耳边，牙齿是一列乱桩子。"[4]

贤藏："父母的报应在子女的身上。"

圣吉："去你的吧。说些什么呀。"

德太郎："但是倒是个美女。"

圣吉："似乎是很风流的样子。"

贤藏："大概有丈夫吧？"

圣吉："那个老婆子在后边跟着，笑嘻嘻的走，那是她亲生的女儿。"

德太郎："对，对。一点不错。"

圣吉："若是媳妇，那就应该退后，让婆婆先走了。"

贤藏："那里，那里，又来了。哈哈，这回来的是宅门子里的人。"

德太郎："穿的是红里子的全身花样,结束整齐的,又是好哩。"

贤藏："怎么样，这一个和刚才那一个，挑选起来是哪一个好呢？"

圣吉："那么，挑选起来第一当选的是先头那个女人。但是假如要讨老婆，还是这一个安详得好。首先于家庭有好处呀。"

贤藏："先头那一个是，一定吃醋[5]吃得很厉害吧。"

德太郎："可是虽然吃醋厉害，可是也很有手段吧。"

圣吉："无论怎么样，老婆还是不风流，丑陋一点的好。这样说了，并不是我自己娶了丑妇，所以说不服输的话，那样的人也不懂吃醋的方法，无论说怎样的诳话，也相信是真实的，这期间可以在外边另找好的[6]玩耍。"

德太郎："第一是家里安静得好。"

贤藏："你自己的老婆原是丑陋的好，不风流，安详温顺，很看重丈夫，讲俭省，家里安静，这是很好的。但是朋友的老婆却是俏皮，娇媚，者字号[7]出身或是艺妓出身，酒也能喝，三弦也会弹，哎呀，你是什么呀[8]，好漂亮的样子，特别会说笑，是这么的轻浮的人才好。"

德太郎："这是谁都一样呀。"

圣吉："可是这太是一厢情愿了。"

贤藏："但是像我这样的，有一个破旧龌龊的老婆的人，也是吃亏呵。"

圣吉："可是这个样子你就也有你的补偿办法[9]呀。"

贤藏："这样想的时候，又有像正公这样的人，有那么美的老婆，却喜欢找那些无聊的女人的。"

德太郎："你也别那么的说。有如常吃大头鱼[10]的有时吃得腻了，想吃一口秋刀鱼的干鱼似的。"

圣吉："这虽然是如此，可是在旁边的人看着，也觉得过意不去的，却是那瀛公了。已经过了时，落在摊子上的治郎左卫门雏[11]似的一个老婆，为什么对于那个女人是那么缠绵[12]。可是瀛公却是一个美男子哩。"

贤藏："那个女人是配不过他呀。实在瀛公也是人太好了。"

圣吉："无论什么时候走去看，总是两个人靠了火盆坐着，在瀛公的肩下是他老婆紧紧的倚着呢，这可以说两个身子吸住在一起，无论怎么看法也觉得过意不去。其实瀛公也是个聪明人，没有不觉得的道理。虽然是用不着的废话，我真想叫他们别再那个样子了。"

圣吉[13]："离开了火盆，就一起的去烤那烘炉。"[14]

贤藏："离开了烘炉，就一起的往厕所去吧。"

德太郎："这所谓偕老同穴[15]之契约不浅吧，但是也略为太过一点了。"

圣吉："欲庵说得好，从烘炉里出来，一拉装饰的线束，变成鸟羽的锦绣。"

德太郎："变成鸳鸯的精么？唔，好，好！"

贤藏："装饰变化，一变成鸟，那么老婆是鸭子精[16]了吧。"

圣吉："用了独吟的玄茹节，演出舞蹈，配上阿助踊[17]，这倒想看一看。"

贤藏："可是这恐怕还不能成为鸭子，只是白薯的精罢了。"

德太郎："那就变成不成样子的小戏了。"

圣吉："就是暂时往澡堂里去，也不肯让他同朋友一块儿去。那样子的妒忌，那还不如去卖大福饼[18]的好。"

贤藏："卖现在行时的八里半[19]岂不好么。"

德太郎："原是女人们各自喜爱的东西嘛。只在家里全都买了。反正在七去的里边[20]，不会漏掉吧。"

圣吉："别说七去，大概肾虚[21]之内也不会漏掉。"

德太郎："吵闹得很。"

注解：

〔1〕此处是学那把西洋镜给人看的说明的口气。

〔2〕馒头家与万叶家声音相近，馒头为娼妓的俗称，在当时有小船载妓女接客者，称为船馒头。

〔3〕八端织是一种做带子的绸缎，因为一匹的价格等于他种绸缎的八倍，故名。

〔4〕这里也是模仿展览异物的人口头的说话，谓其大嘴锯牙，状如怪物。参考初编卷上六节注〔23〕，65页。

〔5〕女人妒忌俗语云"烧饼"，但其意思与中国不同，因为原义实在乃是烤糍粑，并不是麦粉的胡饼或普通的年糕。

〔6〕日本封建的道德于男女关系上最是明显，男子欲得贤慧的妻子，求得家中的清吉，而于外边取得补偿，畜妾宿妓，是社会所公许的。这里德太郎及其伙伴便是这一派的代表。

〔7〕者字号原文云"其者"，指非寻常妇女，参看初编卷上六节注〔4〕，63页。

〔8〕这两句系模拟那种女人的口气，好漂亮云云且模仿妓院习惯，用倒说的方法，今只好从意译了。

〔9〕参看上文注〔6〕。

〔10〕大头鱼原本云鲷，此系日本借用汉字，北京通称大头鱼，今从之，秋刀鱼亦作青串鱼，在鱼类中不甚贵重。

〔11〕治郎左卫门雏系雏人形之一种，在当时已经过时，不

复有人赏玩了。日本三月三日为儿童特别是女儿的节日，是日陈设男女土偶及诸用具，名为雏祭。

〔12〕意思是说入迷，也就是如上文初编卷中八节注〔2〕（79页）所说的甜。

〔13〕上面圣吉刚说了话，这里又是圣吉，疑有错误，但原本如此，所以现在也仍其旧。

〔14〕烘炉系一木箱，四面皆栅栏，其一面开门，于其中搁火盆，上覆棉被，冬天拥被而坐，周身皆暖。

〔15〕偕老同穴是形容夫妇的爱情坚固的旧话，近世发见有海绵动物，与虾同居者，取名偕老同穴。

〔16〕上文云鸳鸯成精，这里加以贬词，故成为鸭子精了。

〔17〕玄茹节乃会津地方的民谣，流传入于江户，故此处是说有乡下佬的气味。阿助踊也是一种粗俗的舞蹈。

〔18〕此处说炉忌，原文云烤，故下文接大福饼，大福饼以糍粑裹豆沙为馅，烤而食之。

〔19〕"八里半"系白薯的别名，因栗子和名音如"九里"，烤白薯其味甚佳，较炒栗子只差少许，故称八里半，言所差无几。

〔20〕七去即中国古时所云七出，谓一不顺父母，二无子，三多言，四窃盗，五淫乱，六嫉妒，七有恶疾，女人有了一条，就可离婚了。

〔21〕肾虚取其与"七去"双声，故上文七去亦未改为七出。

一〇　上方的商人作兵卫

　　说到这里，上方人[1]像商人样子的一个男子，走了进来。

　　作兵卫："怎么样，鬓爷。"

　　鬓五郎："呀，你来啦。作兵卫爷，你今天到哪里去？"

　　作兵卫："哈，昨天是往北国[2]去了。"

　　鬓五郎："是当脚夫去的吧？"

　　作兵卫："你说些什么呀！那是寺冈平右卫门[3]嘛。我是到北国进也不曾进去。别瞎说一起了。"

　　鬓五郎："可是也还不知道谁在瞎说哩。"

　　作兵卫："虽是这么说，可是太那了。昨天天气冷得出奇，想煮一碗河豚羹，喝它一杯[4]，可是因为酒是不行，那么吃饭么，不，不，还不如往宅门子去收账，更好得多。这样想定了之后，便跑到下谷去了。可是，请你听听吧。结果非常坏，那混账东西不肯还欠账。呸，真是可恶的不讲道理的事情。这时候反正事情不凑巧，索性去买一回窑姐儿玩吧，好久没有干那没正经的事了，去那么闹它一下子吧。不，不，在这里有个问题，现在这时候无论哪样的窑姐儿，也总得要花一分[5]银子。"

鬓五郎："一分么？嗳，那就打算上去[6]么？"

作兵卫："无论上不上去，你且听着吧。这一分银子，假如我送给了我的阿妈，那就不知道多么高兴呀。不，不，就在这时了，把气在丹田里练足了，一分银子就那么当的在胃里落下。好吧，走到本愿寺的门口，走来走去的想，终于想通了。好么，在寺前把三碗的老糟[7]一口气喝了，跑了回来了。"

大家听了一齐大笑。

作兵卫："非常的热火，全身都发起烧来了。"

鬓五郎："了得的上方肚皮呀。"

作兵卫："什么呀！上方肚皮是什么东西呀？说是上方肚皮，也不是行贩的东西，说是江户肚皮，也未必是什么定做的吧。"

鬓五郎："定做老牌保证，现钱不二价，五厘折扣也不行的，便是真正有骨气的江户子的肚皮。"

作兵卫："哪里是现钱不二价，胆子一点儿都没有，说什么肚皮什么度量[8]呢？只会喃喃的说些坏话，一点没有魄力，紧要的那魄力。哈哈，这是真实的事情，假如觉得懊心，那么请拿出魄力来看。"

鬓五郎："说到魄力再也比不上江户的了。第一是什么事情都出手来得快。试看这上方的打架的情形吧。

甲：庄兵卫，且到桥边来一会儿，行么？这样的说，对方也是一样的缓慢。

乙：什么事呀？是说我的事情么？

甲：噢，的确是说你的事情。

乙：噢，那是很简单的事。我因为肚子饿了，要回到家里去，吃一碗茶泡饭再来，你先去那里等着我吧。

甲：噢，那是彼此一样，我也在这个时候，去吃了饭来，你千万不要逃啊。

乙：嘿嘿，为什么逃的呢？你不要忘记自己说过的话好了。

甲：嘿嘿，哪里会忘记呢。

乙：行吗？

甲：行呀。

乙：快去吧。

甲：这茶泡饭是你先吃呢，还是我先吃？

乙：把饭爬拉下去。

甲：快呢还是慢。

乙：彼此一样。

甲：庄兵卫。

乙：忠右卫门。

甲：随后再会。

这样说了两方各自分别，随后率领了一班手下的人，到了桥头，两个人并排站着，大家像看摔跤似的，说这了不起，了不起的看着。这岂不是没有智慧的家伙吗？在江户这样哪里行呢！于是那两个人就慢慢的动起手了。

甲：庄兵卫，你往底下站一点。

乙：噢，站在底下，什么事呀？

甲：你刚吃了饭，并不觉得什么难受吗？

乙：你来问我，你自己不怎么难受吗？

甲：不，我倒没有什么难受。

乙：那么，我也没有什么难受。

甲：那么我说了吧，前月三十日的晚上，在砂场 [9] 借给你的荞麦面钱三十六文，中间有一文四角的钱 [10] 混在里边，我也是男子汉，所以这可以不算了，清算起来计欠钱三十五文，这里就请交付罢。

乙：噢，你别说这无理的话来。你在砂场有未完，这边也有未完的事情哩。你喝了桥头的炒米茶喝了十几碗，这个代价我也要请在这里交付呢。

甲：唔，这样说起来，也还记得的炒米茶。

乙：你的和我的未完事项。

甲：清算账目。

乙：你想是怎样的讨取。

甲：噢，这样的讨取。就去抓住了胸膛。

乙：那么这样。这边伸出手去，像小孩子玩耍，搞那黄鼠狼或是老鼠的把戏 [11] 的样子，随后慢慢的演相声的 [12] 那样子立定了，等他抓在一起，要花许多工夫，连呵欠都要等出来哩。这样子所以性急的看客看不到结末就散了。比起这个来，江户子的动手就要快得多。简直是来不及看的样子。这个钉十字架的家伙 [13]，说时迟那时快，就用拳头在脑袋上叭的一下子。什么这个家伙，这样说着的时候，又把小腿骨打折了。切肉尖刀是豪杰的魂灵 [14] 嘛。"

作兵卫："这，这岂不是傻子么？切肉尖刀伤了人，人家也为难，各方面岂不是也都受累么？先是第一如有主人的话，那就对于主人是不忠，假如有父母，也就对于双亲是不孝之极了。说是混蛋，说是不法的东西，都没有法子比方的大大的失败呀。"

鬓五郎："可是这是有骨气嘛。"

作兵卫："喊喊，你别这样说了。这不是有骨气，简直是耍横枪嘛。真是当豪杰的人要能堂堂的说话，用了言论道理叫人佩服，假如不能说服，那便算是无法可想了，放下不理就好。那本来是混蛋，所以对他不免就算输了也罢。忍耐值五两[15]，就是让价说值三两吧。不以这种人做对手，自身不会受伤，也不给人家说是非，各人也都平安无事。那才够得上说是豪杰呀。像现在这样做的，是性急的荒唐鬼，军书[16]上所说的野猪武士罢了。所以是说世界上妖怪并不可怕，只有傻子是可怕。这样说来，江户的父母们对于他们的儿子非得要特别严紧的教育不可。不是说句自夸的话，在上方是不可能有这样的傻子的。人家说大阪的气象暴烈，也不至于那个样子。京都特别因为是王城的缘故，男人也是像女人似的，万事柔和，举动温雅。"

鬓五郎："只讲究穿着的京都人[17]知道些什么？我前年往上方去的时候，走上京都爱宕山去，不晓得从什么地方来的，只听见沙沙，沙沙的声音，也不是海里波浪的响声，那种声响是什么呢，问那在旁边的人，答说是京中喝茶粥[18]的声音，混在一处，所以成为那么的响声。我在那时候，真是胆也吓破了。"

作兵卫："又说那么讨厌的话。这里的老板的嘴，真是再也没有人说得过的。佛的钵盂[19]嘛。"

鬓五郎："那是大家都知道的事情。你无论怎么用力，江户总是繁华的地方。没有江户，货物没有发客的地方，所以每年那么下来[20]的嘛。这是江户子的银子，你们来挖了去的。这样看来，江户是各地方的要紧的主顾，要是再说江户的闲话，就要得了报应了。假如是好汉的话，那么不要下江户来，且到别地方去做生意，发了财来看。这怕防不成功吧。全是托了江户的福，所以有了钱呀。"

作兵卫："可不是吗，这话倒的确是的。给人家戳穿了这种事实，上方地方的人实在是无话可说。往别处地方下去的货物，也有不少，可是全体比不上贵地的四分之一。呀，这实在是错了，糟了糟了。这是师直这家伙的错[21]。可是江户这地方是世上无比的繁华之地，到处是赚钱的机会，就在眼前，好像大道上满是银子，叫人家来赶快来拾，赶快赚钱吧。可是江户子对于这赚钱的事却是拙笨，第一好像是不爱这钱的样子。"

鬓五郎："这就是所谓灯台不自照[22]了。太是靠着近旁，就不大看得见，给站在远处的人拣了去，这事情便是这样的。"

作兵卫："讲到这里，那似乎也不得不说这样话了。呃哼，可不是这么样的么！"

旁边的人："肃静！刚才这回摔跤由评判员保管，不分胜负。"大家都笑。

作兵卫："呀，对大家很是吵闹了，对不起得很。这里的鬓公这家伙一看见我，就是争吵。哈哈哈。不是对于你们说讨好的话，在上方生长的我，因为贵地的人很有情义，又是性情勇敢，我很是喜欢的。这是实在的最确实的事情。"

鬓五郎："又想来讲和了，上方地方的人实在是机灵得很。"

作兵卫："不不，这些话是实在的，没有虚假的实情的话。——可是，要轮到我，似乎还要些时候呢。此刻且去走一遍且来吧。这之后算是我好了。"

鬓五郎："那么又要是明天了。"

作兵卫："唔，不碍事。咄，由它去吧。"

鬓五郎："又做生意去么？"

作兵卫："做生意原是专门，便是剃发顶的时间也想赚钱嘛。"从钱包里拿出二十八文来，放在梳头水瓶[23]的旁边。"这里是二十八文。既然给了现钱，又预先给钱，照例如不是减付二成，利率上便不合算，但是钱价便宜[24]，对方也未必答应，所以由我这边给让了算吧。"

【注解】

〔1〕上方系指京都大阪方面，因为帝都之故，故称往江户去云东下，明治维新以后亦仍沿用。江户文学中对于上方人多致讥笑，发挥江户子的气焰，《浮世澡堂》二编卷上有关于言语的争论。

〔2〕北国即指吉原。为公娼集中之地，在江户的北面，称

之日国，谓大有势力，隐若敌国。日本封建制度，分区悉称为国，往往才及中国的一道，或称之曰州，如江户属于武藏国，则曰武州也。

〔3〕日本净琉璃《忠臣藏》中，第七折说大星由良之助潜伏吉原，寺冈平右卫门以使者往访，商谈为主人报仇的事。

〔4〕民间相信河豚羹喝酒，可令身体温暖。

〔5〕日本旧法，每银一两分为四分，一分又分为四铢，故一分为银一两之四分一。此处著者写上方商人之看重金钱，与江户子的重义轻利正相反。

〔6〕"上去"系专门语，谓上妓院去，亦云"登楼"，因旧式妓院多是楼居。

〔7〕醪糟原云"甘酒"，即江米酒，乃以糯米煮粥，入曲令发酵，加热饮用，配以姜汁，甘美可口，为夏季普通饮料之一，但系热吃，担卖者必备一铜锅，高呼曰甜的。在本愿寺前，靠菊屋桥边，有一店卖甜酒当时甚有名，每碗钱八文。

〔8〕肚皮一语兼有度量、胆力诸义。

〔9〕砂场为大阪新町西口的地名，新町是妓院所在地，与江户的吉原相同。

〔10〕十八世纪末年仙台新铸铁钱，四角微圆，以三文当铜钱一文，民间看不起它，称为圆角钱。

〔11〕"老鼠把戏"或"黄鼠狼把戏"是一种儿童的游戏，先由甲伸出左手，乙便用了左手撮其手背，甲又以右手撮乙手，如此交互做去。

〔12〕日本有演"落语"者，是讲笑话故事的一种，但多是所谓"单口相声"，一人兼演多人的声口，另有"对口相声"，便是这里所说的了。从前称为"万岁"，一人古衣冠击鼓致庆祝之词，于元旦日演之乞钱，其后添出一人曰才藏，随口说话，滑稽可笑，万岁主演的人当场纠正之。其名称亦由"万岁"而转变成为"漫才"，结果成为由两个人演出的一种相声了。

〔13〕由古代江户流传下来的骂人的话，等于中国女人用语"杀千刀"，盖江户政府曾用种种酷刑，有活焚及钉十字架等，后虽废止，唯仍留存在俗语上，不曾消灭。

〔14〕武士阶级有"刀乃武士的魂灵"之说，这里与它对立的话而加以滑稽化，故说切肉尖刀是平民的魂灵。

〔15〕"堪忍五两"系劝人忍耐的一句俗语。

〔16〕"军书"亦称军记系演义类的战争故事，仿佛中国的《三国演义》。"猪武士"是指有勇无谋的武士，猪乃是野猪，中国亦有"野猪奔轶"之说，盖言其负伤时特别刚勇也。日本猪与豚有别，人的姓名有用猪字的，豚则是坏的名称了。

〔17〕俗语有云："京都穿穷，大阪吃穷"，谓各地方的风俗偏至，有讲究穿与吃的，此盖系江户人的看法，意言唯江户独不偏向一面。

〔18〕茶粥是用茶煮的粥，京都人用以当早饭，江户一日三餐，故引以为笑谈。

〔19〕此是民间的歇后语，佛的钵盂即是金碗，因金碗读作"kanawan"，与"敌不过"一语相通。

〔20〕"下来"谓自上方东下，参看本节注〔1〕。

〔21〕此系《忠臣藏》第三折中高师直对桃井若狭之助所说的话。

〔22〕"灯台底下暗"系是一句俗语，本为人苦不自知之意，但这里却言本地的人看不见。

〔23〕梳头水瓶原云"鬓水入"，谓梳头时用以润泽两鬓的水瓶，旧时妇女所用有刨花水或香胶水，或是同一类的东西。

〔24〕用散钱换银子，往往散钱要比正价为低，多一些折扣，这里所说即是指此种情形。

一一　作兵卫的失败谈

鬓五郎："你的头特别大，如不是加三成算也不合式。"

作兵卫："又说什么话呀，抬轿的说漂亮的要长价[1]，没有听说理发的是大头要长价呀。"

鬓五郎："说些什么，江户的轿子都未必坐过吧。连路上的轿子[2]恐怕也还没坐过呢。喊，大家听听吧。作兵卫是每年上下的路上，说没有同行的人。这是有道理的。上下一趟，一总花了二分二铢，真是亏他的了。诸位单是往江之岛[3]去一走，顶便宜也要用它五两十两银子，现在往来一百三十里[4]的长路，却只要二分二铢。这样利害的人也真有的。"

作兵卫："喊喊，吉原的轿子[5]确也坐过，可是碰见了讨厌的事情了。说是三班轿子代用[6]，坐上去了倒也还好，一路走到雷门左近，呀呀的做出吆喝的声音，但是在这以后，却是哑巴的轿子了。也不说一声哼，也不说一声哈，闷声的走着，而且从后边来的轿子，都一乘乘的赶了过去。这样讨厌的事情是再也没有了。我也因为这太是难堪了，便说抬轿的朋友，为什么不吆喝呢？那抬后肩的家伙回嘴了，说如要吆喝的话，那么这里就吆喝吧！

多余的无聊的话嘛。我觉得再也受不下去，便说那么不吆喝也罢了，为什么老让后边的轿子追了上去的呢？说那是三班轿子呀，我就说我的不也是三班轿子么？说你的乃是三班代用呀，假如三班轿子可以吆喝了抬着走，那么顶好你走了出来自己抬了看。用了粗哑的声音嚷了起来，我只好也就一声不响了。"

大家都大声笑了起来。

鬃五郎："作兵卫的分量不很轻吧？"

留吉："用牛头杠[7]抬了就行吧。"

作兵卫："阿留这家伙好久不插嘴了。那个拖鼻涕的，只顾着剃头好了。"

留吉："因为是送到寺里去的，所以不则一声的抬着的吧。哈哈哈。"

旁边有一个名叫短八的人，从先头起就拿镜子拔胡须，这时用手摸着下巴，开腔说话。

短八："因了轿子想了起来了，在赶过前面走着的轿子的时候，要说一句小伙子们，辛苦了，这才追赶过去的。"

名叫长六的人，将手巾搭在肩头，净自战抖着两腿，接应着说。

长六："是的，那也是一种礼仪嘛。"

短八："船的确也是这样的吧？"

长六："那个倒是不曾留意。"

作兵卫："呀，说起轿子，还有一回上了一个老大的当。也是从这里去的时候，说给快点走吧，奉送南镣[8]一片。喔，好吧，快快的走，大约也五六町[9]远近，忽然又变得慢了，从容的抬着走。

喊喊，赶紧走呀，南镣一片，可是要快呀，这样的说又吆喝着，快步走着。走了才有五町，又是慢慢的抬了。为什么老是这样慢呢，给我快走的话，南镣一片呀，慢了就不行，南镣一片呀，这样说着又开始跑步走了。这么三番四次才到了堤边[10]放下轿子，说拿吧，拿出南镣一片来，抬轿子的家伙现出莫名其妙的神气。好吧，这是南镣一片拿去好了，可是抬轿的家伙不肯答应，问为什么呢，说原来是约好给南镣三片的。不，这里给的只是一片呀，说不不，南镣一片说了三回，所以一共是银一分二铢，硬是这么说。因此没有办法，结局算是给了一百匹[11]了事。这样倒霉的事，遇着了不止一次了。"

大家听了都笑："呵哈哈哈。"

作兵卫："我失败的事情还有哩，那还是我初次东下的时候，不知道往哪一家，去找窑姐儿玩。当初还好，总之都办好了，等到进房里去，好吧。看见棉被有三层铺着[12]，好吧。哈哈，总之是盖了上边的这一床被子睡的吧。现在想起来，这因为揣摩事情太是不行了。于是就把上面的被子揭起，在两层垫被的上边轻轻钻了进去，盖了被窝睡下了。喊，窑姐儿来了，怎么看了不出惊呢。说什么恶作剧呀，什么捣乱呀，喃喃的唠叨着，便一直去了。真是怪事，我也不记得干了什么捣乱的事。一会儿那拖船[13]走来了，说你先起来吧，便起来了。你若是要睡，请在上边睡好了，便叫我在三层垫被上躺下了。再一细看的时候，原来有一件棉花絮得很厚的被窝[14]，放在垫被的后边哩。私这里又是揣测错了，以为这是窑姐儿的衣服堆积着咧，哈哈哈。现在想了起来，这种傻法真是再也没有的了。"

大家听了大笑:"哈哈哈!"

作兵卫:"呀,快去吧,去吧。总之是讲话容易拉长,是不行的。再会了,诸位。"

鬓五郎:"请再多谈一会儿去。"

作兵卫:"不能老是这样呆下去了。"走了出去。

【注解】

〔1〕游客如漂亮,谓必受妓女优待,因此轿夫也特别多要酒钱。长价,今写作涨价。

〔2〕路上的轿子谓普通旅行所用的轿子,这里表示不是往吉原去的那一种。

〔3〕江之岛在神奈川县藤泽市,岛上祀辨才天,为游览名胜地,现今交通便利,一天里可以来回。在江户时代大概是很花旅费的吧。

〔4〕自京都至江户约计一百二三十里,每日本一里等于四公里,旧时徒步旅行计费时十数日,这里所说旅费当系指徒步旅行,但恐怕也还不很够吧。

〔5〕此指普通旅行所用以外,专门供游客的轿子。

〔6〕轿子平常用两人肩抬,有所谓三班轿子者,用三名轿夫交代,便可走得快,并且一路吃喝,很有威势,可是价钱也要

比例增加了。此外有称谓三班代用的，仍旧是两名轿夫，不过说明快走，如三班轿那样，但多是有名无实，有如本文所说的样子。

〔7〕用三个人共抬一件东西的时候，前边两人左右各一，后边用一个人抬，民间称为牛头杠。日本原名"蜻蜓抬"，盖从形似得名。

〔8〕南鐐为日本旧时银二铢的别名，一片值银一两的八分之一。鐐系中国古文，《尔雅》云白金谓之银，其美者谓之鐐。鐐即朱提银，出中国南方，故名。

〔9〕日本一里计三十六町，约等于四〇公里，五六町的路即一公里之三分二。

〔10〕所谓堤即指日本堤，吉原左近地名。

〔11〕"匹"为旧时钱的数量，初以钱十文为一匹，后乃增为二十五文。南鐐一片计值银二铢，即五十匹，抬轿的三倍索价，应为百五十匹，今结局给了一百匹，即是让价到南鐐二片。

〔12〕三层垫被为江户吉原的定例，似上方地方无此种习惯，所以作兵卫误会以为上一层乃是盖被，便钻到中间去睡去了。

〔13〕"拖船"乃是意译，原语云"引舟"，此系上方语，江户则云"新造"，也是取义于船，乃是一种位置较低的妓女，附属于上级妓女，供种种使役者。

〔14〕日本有种特别的被窝，乃是很宽大的一件棉袄，当作棉被使用，称为"夜着"，或可用古代寝衣的名称，但恐有附会之嫌，故宁可不用。这里作兵卫亦不认得，似乎在上方也是没有的。

一二　长六的猫

长六：　"好像是杂耍场的说白的男子。"

短八：　"正好穿了粉红色的披风，去吹那唢呐[1]嘛。"

鬃五郎：　"倒是很快活的人。"

短八：　"长六，在你的怀里是放着什么东西？"

长六：　"从新开路的青菜店里要了猫来了。"

短八：　"小猫么？"

长六：　"唔。心里给它起一个什么名字好呢，叫作马驹或是福气，也太旧式了。想一个什么特别劲头强的名字，一时也想不好。"

短八：　"叫它作辨庆[2]吧。"

长六：　"辨庆也不什么好。"

短八：　"那么叫朝比奈还是金时[3]呢。要不然跳得远一点，叫作关羽也罢。"

长六：　"什么呀，可是这乃是一头雌猫嘛。"

短八：　"哼，那么等一等吧。叫作巴御前[4]怎么样？"

长六：　"不大好叫呀。且来叫了看吧。咪咪，咪咪，巴御前来，巴御前来！这不行，舌头转不过来。"

短八："叫作巴也罢。"

长六："巴来，巴来，巴来！巴，巴！什么，就是这么说，也还是难叫。"

短八："那么板额⁵呢？"

长六："板额来，板额来！板额来。"

短八："好像是在叫反魂香⁶的样子。"

长六："不行，不行。"

短八："且等着吧。嗽，我来给猫当一个命名的干爹吧。嗳，最强的东西，那么是什么呀。喔，有有，大大的有了。叫作老虎吧。比老虎更强的东西是再也没有了。"

长六："唔，且等着吧，老虎确实是强，但是人家说龙虎梅竹，还是龙在上头嘛。"

短人："的确，那也是如此。若是老虎跟龙斗争，龙就飞走自在，老虎是敌不过的呀。"

长六："那么就叫作龙吧？"

短八："龙来，龙来！"

长六："正如叫那小野川和谷风⁷两个力士的样子呀。"

短八："加油加油⁸吗，嗳，那可是不成。"

长六："但有龙如没有云，也是不行呀。"

短八："可不是吗，龙也是敌不过云的。"

长六："叫作云⁹吧。"

短八："且慢且慢。"

长六："云也要给风吹散的。那么叫作风怎么样？"

短八："可是那个风，如遇见纸门关着，也就不能随便吹进去了。"

长六："比起风来，那么还是纸门强哪，咄，索性叫作纸门吧。"

短八："等一等。纸门也要被老鼠所咬的。"

长六："是呀，是呀。叫它作老鼠吧。"

短八："不不，老鼠也敌不过猫呀。"

长六："唔，可不是么，猫比老鼠要强。"

短八："那么，也用不着这么辛苦了。"

长六："为什么呢？"

短八："还是叫它作猫就好了。"

长六："去你的吧！我们却因此辛苦一大场了。"这时候猫在怀中却叫了起来："喵！"

长六："什么，喵么。这是多么老样子的叫声呀。太是照定规的叫了。若是给我叫一声汪，就好卖给玩把戏的[10]，赚他一笔大钱。"

短八："那么索性就叫它作喵也罢。"

长六："嗯，这倒不错。叫作喵也罢。"

短八："叫作喵也罢，那好像是五大力[11]似的了。"

【注解】

〔1〕披风是指日本古时的礼服，但这里是用鲜艳的粉红色材料所制成，很有滑稽的意味。唢呐是中国的一种乐器，日本虽然由葡萄牙间接输入，但亦称唐人笛，卖中国面者多吹之。

〔2〕辨庆是古代的勇士，经戏剧小说的提倡，很是有名，他是和尚出身，因此他的印象多少有点与鲁智深相近。

〔3〕朝比奈三郎义秀也是古时的勇士，跟他的父兄反对当时的执政北条氏，其后失败不知所终。金时即坂田金时，幼时名金太郎，为有名的大力怪童，相传为怪物山姆所留养，与熊及猢孙^①为友，善使一把大斧，其后从源赖光，为所属四天王之一人。

〔4〕巴御前为木曾义仲之妾，以武勇著名，义仲死后出家为尼。御前系古时加于女子的尊称。

〔5〕板额亦为勇妇，系城九郎资国的女儿，勇敢善战，唯容貌丑陋，故又有丑妇之名。

〔6〕俗传汉武帝因李夫人死，思念不置，乃命方士制香焚之，令死者暂复返魂。日本音读返魂香为hankonko，与"板额来"的读音略近。

〔7〕小野川喜三郎为当时有名的力士，任为东边的"横纲"，即江户方面的首席摔跤者。谷风梶之助为西边的"横纲"，对抗一时，称为龙虎两雄。

---

① 猢孙，今写作猢狲。

〔8〕原文本为无意味的呼声，系用于角力时以助气势者，今意译如此，不甚切合也。

〔9〕此系旧有笑话，由作者采用者。

〔10〕猫如能作狗叫，便可以高价卖给玩把戏的，去作展览。

〔11〕歌舞剧《五大力》中有"怎么样"一语，或故意讹作"念"字音，与猫叫声相影射。

一三　中右卫门找儿子

说到这里，一个名叫中右卫门的六十多岁的老头子进来了。

中右卫门："长爷，你不知道我们家的小子吗？"

长六："不知道。"

中右卫门："可恶的家伙，不晓得钻到哪里去了，连影子都不见了。"

长六："今天早上出去的么？"

中右卫门："若是今天早上那就好了，还是从前天早上出去，一直到现在没有回来。"

长六："又闹起头了吗？你去问过没有，横街的恋爱店？"[1]

中右卫门："什么，那地方也没去。真是坏毛病的小子。到什么时候总不能停止他的傻事情，在我的眼睛还是黑[2]的期间倒还不妨事，现在假如我眼睛一闭，请看吧，家里就全是黑暗呀。"

长六："是的嘛，等你的眼睛变白了，便要后悔了。至少也希望能在眼睛还黑的时候，醒悟了过来。"

短八："若是生了风火睛，眼睛变红了的时候，那将怎么样呢？"

长六："别说傻话了。"

短八："吉原弄明白了，家里是黑暗[3]。真是麻烦的事情。"

中右卫门："哎，你且听听吧。我给那家伙揩屁股[4]的事，也不知道有过几次了。"

长六："便是你给他揩屁股，所以是不行嘛。从这回起，你就是不管好了。"

中右卫门："可是这也不能那么办呀。总之是那让他欠下嫖账的人不好。咳，真是很麻烦的东西。像你们的样子，用心做生意养家，本身既然很好，父母也老后安乐，这是两面的福气。我们家的小子，这样让父母操心，就是只算叫父母辛苦的罪，将来也不会有好日子过的。父母觉得儿子可爱，舍不得去罚他，可是天老爷是看着，终究要降罚的。这是真话嘛。你们照现在的那样是很好的，但是要十分用心才好。老人说的都是些好话呀。——呀，现在且去吧。"

长六："往哪里去呢？"

中右卫门："要往地主那里去一走。哎，再会了。"说着别去。

鬓五郎："中右卫门也为了他的儿子，很受一番辛苦呢。"

短八："正是的。"

长六："好麻烦的儿子哩。"

鬓五郎："因为是独养子，容易容纵惯了，就不中用。"

长六："原来儿子也是不好，父母因为太慈爱了，也有不好。"

短八："从小孩的时候起，就那么教养，要怎么样就怎么样，结果便成功那个样子。"

长六："这个时候陷落在什么怪地方，血脉偾张的闹着，等一会看吧。本来就是有限的一点钱花光了，少许财产只好让给了别人。"

短八："真是的。到了这时，别人的意见再也听不进去了。"

长六："很好的话给他说了，也是从右耳进去，左耳里出来了，一点都不济事。那个孩子在十八九岁以前，是有名的驯良的。不知道什么时候却变成这样的放荡者了。"

鬓五郎："一个人过了三十岁，才变成放荡的，这便难救了。就是这个道理嘛。他所看见的，所听见的事情，都是新鲜的，所以这里是再也当不住了。"

长六："嫖的事情是各种好玩的事都具备了，却要用钱，是这样安排好的，所以你非是自己当心，好好的弄不可的。"

短八："一不小心，就要掉进陷坑里去了。过了三十岁才陷到里面去的，觉得这种好玩的事情，以前没有知道，真是遗憾，便用起钱来，所以便是弓箭和盾牌也都当不住[5]的了。"正说着话，烟管里的一团火落在膝上。"烫，烫，烫！这哪里是弓箭和盾牌，简直是子弹了。"

长六："落价二百文！"[6]

短八："大成功，大成功！"

【注解】

〔1〕指艺妓的住所。

〔2〕意言还是活着，睁着眼睛看见一切。

〔3〕这乃是一句川柳，是十七言的讽刺诗，熟悉吉原事情，家里弄得一塌糊涂，用明暗两字对照，在川柳中称作"狂句"，非川柳正宗。

〔4〕揩屁股谓给人料理未完事项，此指代儿子付钱还债。

〔5〕俗语云什么也当不住，加言箭与盾以形容其不可当，但箭系陪衬之辞。

〔6〕衣服如被火烧伤，拿去质当时便要落价二百文了。

初编卷下

得半日之闲，可抵十年尘梦。

一四　淘气的徒弟

鬓五郎拿了承受头发渣的板，将手指往上揩抹着说："从前有一个叫作什么的妓女曾经说过，所谓通人者，就是那不曾进到妓院来的才是通人，至于那些玩女人花钱的，反正迟早总要倾家荡产的，那真是俗物罢了。明白了过来看时，是这种情形的吧。"

短八："没有错。"

长六："拐角的宅门终于交到俗人的手里，川柳¹里有这一句，并不是假话。"

鬓五郎："说什么通，说什么通人，与其倾家荡产，还不如被称作俗人，存积起钱来要好得多。"

长六："明知道这个道理，却是仍旧迷着。"

鬓五郎："对于那东西，稍为迷了来看也是好的吧。假如在年青的时候，略为修行²了看，早点洗了脚也就好了。愈是内行了，那就愈加花钱了。"

短八："无论玩到什么时候，总是那副腔调罢了。"

长六："给人家翻弄着也是有意思的事情。但觉得是给人家翻弄了，那时候是已经完蛋了。"

114

鬓五郎："总之且专心做生意试试看，父母是笑嘻嘻的，老婆也不吃醋。就是在过年过节³之前也不用着急，仿佛寿命都延长了。"

长六："可不是么。其个证据是，只看去的时候与回来的时候⁴的心情，就可知道了。"

鬓五郎："乐极苦来，正是说的那个吧。"

短八："你平常苦了来看，每月卅日便都安乐了。"

鬓五郎："年青人若是都同你们那样，能够早点明白，那就万无一失了，但是一般的年青人总还是不能这个样子。——嗳。"说着用手指轻轻触客人的背脊⁵。

德太郎："嗳，很是爽快了。喊喊，圣公贤公，去吧。"

三人同时："哎。再会。"

鬓五郎："嗳。"三人回去。

长六："是轮到我剃了吧，真是太可感谢了。好容易，才算等到我的轮番了。"

短八："阿留，你这回别再拉口子吧。"

留吉："那是不会。你还是把顶发好好的揉吧。"

长六："鬓爷，今天是要你给擦一点油了。老是用水刷头⁶，据说头发是容易断的。"

鬓五郎："断了岂不也好么？"

长六："那不是很不好看么？就是我也想多有点风流气呵。"

短八："还是馋痨气为多吧。假如在那脸上，再加上风流气，那就变成粪色了。"

长六："我是想弄成路考茶色[7]，所以那样做的，你的话真是太刻薄了。"这样说着，进来了一个十二三岁的徒弟。

徒弟："鬓爷，还有几个呀？"

长六："还有一百五六十。嘁，回家去这样的说吧，大爷如在那里等有空闲，等到明天也等不到，还是来这里等着好吧。"

徒弟："什么，老是作弄人。有一百五六十，太是荒唐了。"

短八："是真的嘛。"

徒弟："什么，说诳……鬓爷，到底真有几个人呵？"说着，用手指蘸唾沫，在黄漆的道具箱上面作游戏的图画[8]。

鬓五郎："嘁嘁，住了，住了。这个徒弟，真很会干淘气的事儿。"

徒弟："很会[9]干淘气的事儿，那么请不要申饬吧。若是干坏的淘气，再骂也不晚。"

鬓五郎："这小鬼真是嘴强，看这个吧，因为太是淘气，所以衣服都刮破了。"

长六："烧坏有窟窿了。因为靠着火盆，老是打瞌睡的缘故吧。"

短八："说话还嘴，不肯安静听着批评的家伙。大爷是脾气很好的人，所以没有问题，若是到别处去的话，一天都蹲不下去。"

鬓五郎："打发出去办点事情，回来得很晚。洗澡去了，便和人家打架，被送了回家来。到外边偶然出去，在路边买油炸货和大福饼[10]吃。真是再也没有麻烦的人了。"

徒弟："好的嘛，反正我不说要来你那里来伺候呀。"

短八："那个，你看是那样的口气。"

留吉："昨天，给客人拿茶出来，从袖口里 [11] 落下吃剩的白薯来了。"

徒弟："什么，这个癞头皮！你从打更的 [12] 权助那里，不是赊了阿市和巧果 [13] 吃嘛。可是在昨天还催促讨还呢。"

留吉："浑东西，是看错人啦。"虽然这么说，可是在师傅的面前有点难为情，把脸变得通红了。

徒弟："大家看这样子好了。因为是真的事情，脸弄得通红了。"

留吉："这个徒弟，说出这样本来没有的事情。"

鬓五郎："喊喊，阿留你不要再招他了。别作声，只顾做你的活便了。"

留吉："嗳。"

徒弟："你看，挨骂了。"

短八："这家伙将来成功一个什么呢？做商人吧，卷着舌头说话 [14]，是不适宜的，做工人呢，手头儿不灵巧。——喊，你习字么？"

徒弟："干什么呀！还不至于有罚习字的罪哩！"

长六："那么，打算盘么？"

徒弟："算盘？哼，算盘单是第二段。" [15]

鬓五郎："浑东西，那是起头呀。只是那一点么？"

长六："什么时候学起头的？"

徒弟："到今日已经五十天左右了，头痛了压根儿记不得。我们那里的八兵卫光知道打栗暴，教的时候还是打人居多。第二段虽说刚是起头，你们却不知道，在这以前已经学过第一段了。"

鬈五郎："哪里有第一段这东西呢。那是小九九吧。"

徒弟："唔，就是那东西。我学了第二段都头痛了，若是要学'见一'的除法，那就性命难保了。前天偷偷的回到家里，同母亲说了，她说要是这样的吃苦，那么不再去上工也好，就逃到家里来吧。为了算盘的关系，丢了性命很不上算，所以如果再教，便打算立即逃回去了。"

长六："你的阿妈也是糊涂东西嘛。"

短八："世间有这样的父母，所以把好人也变成坏人，真是可叹的事情。"

徒弟："什么，我们家的阿妈是很好的阿妈呀。哇，这些家伙真可笑！哇，笑他们好了！不必要的多管闲事的烤鳗鱼。"[16] 跑了出去，随即又进来。"阿呀，我把要紧的事情忘记问了。鬈爷，别讲笑话，到底有几个人呀？"

鬈五郎："还有三个人，所以叫他赶快来吧，你去说[17]去好了。"

徒弟："唔，我去说去。你如又说诳，大爷便又要说我闲话了。喊，在这里的这些家伙，你们试说我的坏话来看。你们头都被抓着，身子动不得，给甜茶[18]尝尝，是我大爷的随意了。你们认错了么？"

长六："好吵闹。"

徒弟："什么，好吵闹。真是嘴强的家伙们。将来成功一个什么呢？做商人呢，卷着舌头说话，是不适宜的，做工人又是手头儿不灵巧呀。喊，你习字么？打算盘么？第二段呢，小九九数记得了么？浑东西，在保全着性命的时候，逃回家里去吧！喊，你记着好了，阿留这癞头皮，乡下佬，傻小子！早点归还打更的钱！呸！"吐了一口唾沫，随即哇的吆喝着，逃了回去。

【注解】

〔1〕日本民众文学有"前句附"一种。系利用和歌形式，以后二句十四字为题，叫人续作前三句十七字，合成一首。其后离开题目，即以前句独立，亦可自成片段，因编者柄井川柳出名，故称曰川柳。其诗因俳谐的影响，主在讽刺，故所写多系社会风俗，在民间甚为通行，落语笑话中多有引用为资料者。这里所说拐角一句即是川柳，原本具备十七音节，成为韵语，但译文只能取其意思，纯成散文了。

〔2〕旧社会以宿娼视为当然，只须不入迷就好，故喻为修行，后来早点停止，这便是洗了脚了。

〔3〕日本旧时过年过节，最重正月及中元两次，在妓院尤甚，凡旧相好必索赠衣物，至于商店还欠，乃在其次了。

〔4〕这是说往吉原时心里轻松，及回来想到家庭里的等着的风波，因此不免心情觉得沉重了。

〔5〕理发师的一种习惯，即暗示顾客工作已经完了之意。

〔6〕豪杰式的理发不用香油，只用水刷，及至水干了之后，前头的发束松松的，算是漂亮。

119

〔7〕路考是名优濑川菊之丞的俳名，俳名是俳句诗人的笔名，平常喜欢使用一种黄里带青的茶色，后世因以为名。

〔8〕此系文字游戏画之一种，称为乃志古志山，用几个假名的草书拼写而成，略如男根状，与边末武志画成人面大略相同。

〔9〕日语"很会"（yaku）系从形容词"好"转变出来的助动词，故戏言"淘气得好"，即不必再骂了。

〔10〕油炸货原文云天麸罗①，本系外来语，乃以面粉糊裹鱼虾炸食，为极普通的食品。大福饼系江米粉中包豆沙，炉上烤食。

〔11〕日本和服袖口皆甚宽大，略如中国僧衣，故其中可装东西，当口袋用，唯妇女服不同，袖口后面畅开，不能容物。

〔12〕江户时代于十字路口设有守望，由各户主轮值，另置人看守，称为番太，略如中国的更夫。

〔13〕阿市是一种粗点心，见于《浮世澡堂》，外边有糖，颇似现代干点心里的"石衣"。巧果也是粗点心，古称"结果"，大约系古代寒具遗制。

〔14〕卷着舌头说话，是豪杰的习惯，口气比较粗暴。

〔15〕即归除算法的初步。

〔16〕本来说"多管闲事的吃醋"，吃醋原语云"烧饼"，转化成为"桦烧"，即烤鳗鱼，纯系言语的游戏。

〔17〕日本语有敬语，但也有表示轻慢的话，在中国便无法分别了。这里的"说"字，原文便用 nukasu，汉文写作"吐"字，

---

① 天麸罗，今写作天妇罗。

下文徒弟所说一节话中，凡用说字的地方均如此。

〔18〕甜茶正当作"甘茶"，中国名土常山，取叶作茶，有甜味，日本用于四月初八日的灌佛会，以浇铜质佛像，用代甘露，凡参预此会者均得分尝。此处甜茶乃系借用，以喻唾沫。

一五　食客飞助

　　长六："的确是个淘气的徒弟。看他慌慌张张的回去了。转兵卫那里总之是使用人没有规矩。"

　　鬓五郎："使用人也选择主人。主人也非选择使用人不可，这与身家很有关系。"

　　短八："一个人的身家要弄得好，只要使用人得力，便是很快的。"

　　鬓五郎："什么事情都凭运气。没有智慧的人很是有钱，便被大家尊崇着。"

　　长六："在别方面看来，也有写算都来得，别的事情也都能干，可是一生贫穷以终的人也是有的。"

　　短八："这样的世间常态嘛。但是也有什么事情都能干的里边，通达万事而缺少一心的人，却也很多哩。"

　　鬓五郎："那就是没有办法的家伙了。一生彷徨打着回旋，在各处奔走，都站不住脚，这里那里的做着食客[1]，在半年或是小半年的里边便又厌倦了，只好到别的地方去。过了一年，有点新鲜了，于是又混了进去，便从新做食客住了下去。"

长六："这样的东西，可是又容易生厌呀。"

短八："原来因为容易生厌，所以身子一直安定不下来。而且所谓通达万事，换句话说也只是茶磨子的本事[2]，没有一种可以当作本业的。糊纸门啦，墙上贴纸[3]啦，装屏风啦，无非是猴子学人样，总有地方缺少三根毫毛[4]，到了紧要关头一点都抵不得用。说什么给做菜吧，也仍是半瓶醋，做不出合适的东西来。做好了时不是味道不好，便是样子难看，不能到叫人满足的程度。可是那时候即使人家以为不好，总得奉承称赞他几句，本人原来是傻子，所以安心做着食客的，听了便相信称赞他的是真话，更是渐渐的伸出头来了。写文章来看，连一封信也不能同平常人一样，可是自己觉得已是一个书家，说想做一个代书，一个书记，尽是在吹牛皮。"

长六："本来因为是不能安身立命的家伙，所以性情也不安定，精神也终是迷惑着，因此做什么事都不能做得恰好。可是在表面上看，很是像个样子，无论拿到哪里，似乎都像是一个男子汉。"

鬓五郎："转到里边看一看，可是全不是这回事。在紧要的关头，全然是不中用。但是嘴头所说的可是大话。那个家里，要不是我在那里便要大为着忙，万物都得由我一个人独自周转着，一切事情不是和我商量，便没法解决，这样吹着牛皮，在世间宣传着。"

长六："那个做食客的人真是奇怪的人呀。在自己住着的家里，什么事也不做，却来到别家好好的劳动着。譬如在家里白吃着饭，水也不汲，只是饭来开口，可是到别家去闲逛，便给他们汲水，或是烧饭，跑并没有托他的差使。其实他们也有办事的人，可是自己好事，由他去做，叫人家知道他聪明能干，是个有用的人，将来必要时可以来定时借用四百文[5]，又在没有地方去的时候可以来住，没有睡处的时候做个准备罢了。"

鬈五郎："一点也不错。动不动就说起过去的荣华来，不问自说，滔滔不绝了。"

长六："出身好的人，一染上了食客的习惯，也就心思变了卑污了。"

短八："这是一种食客根性，本来与众不同的。"

鬈五郎："食客，吃的是靠边落角的年糕[6]。——说的很好。"

长六："川柳里顶多的东西，要算是食客了。——食客，没有法子，溺爱孩子的模样。"[7]

鬈五郎："多叶没有，只是粉了[8]，尽是吸着的食客。"

短八："呀，说到食客，想了起来了。我的阿爸是，你们也是知道的，是很容易掉眼泪的性质，所以一年到头食客是不断的。这里边当然也有可靠的人，但是既然做了食客，大概可以推想多是坏的了。食客，把食主剥光了衣服[9]，——正如川柳所说的样子，大抵是恩将仇报的居多。这是万不可收留的东西。多一个人，就凹进一块[10]嘛，照这个道理说来，就一定非吃亏不可的。"

鬈五郎："喊喊，说着闲话，影子就到[11]。钱右卫门那里的飞助来了。"

短八："真是的，身上贴了金箔的食客来了啊。"

长六："那家伙在这个年纪，听说是还要尿床哩。"

鬓五郎："听说又是喝大酒的倒醉鬼和吃大饭的汉子。"

长六："那么三品[12]具备了。"

鬓五郎："喔喔，别说了，别说了！"

这时候钱右卫门那里的食客飞助进来了，酒醉得昏沉沉的，摇摇摆摆的走来，到了门口摇晃了几下。

飞助："喔，危险危险！加油，加油[13]。呀，各位都到齐了。哈哈，奇字号[14]，奇字号。"

鬓五郎："怎么样。飞公？"

飞助："怎么样就是这个样子，愈益兴致甚好，光降钱右卫门宅，仍旧为食客也矣，山里的樱花！"[15]

鬓五郎："很是兴致好呀。"

飞助："好兴致么，哼，坏兴致呀。这并不是说醉话，你们请听听罢。钱右卫门是不成呀，钱右卫门是。可是那老婆也是老婆，无论怎么样，总是不成的。实在是，这因为是我，所以给他们干下去。真是的，因为是飞助爷，所以这才给他们做食客的。机灵一点的食客，早已再会了。我也不想住下去，可是这正如你们大家所知道，我我我要是不在的话，那就是一刻钟也弄不下去。因为弄不下去的缘故，因为那也可怜，所以给他住下了。真是的，那是为的可怜呀。请你们听听吧。因为世间是这个样子——喏，好么？钱右卫门什么，——我，我是住在他家里住着故意给当食客的。真是的，虽不是在说醉话。真是的，因为世间是这个样子，我这才给他留着的。请听听吧。今天早上，才当的打了六下。喊，

125

起来了。好么？即刻烧火，给吃了茶泡饭。喏，好么。吃了之后，从杂司谷转到堀之内，现在才回来了，现在。真是的，还早吧，已经是什么时候了？还不到十二点了吧。这边是这样的厚道的，实心的给他做的嘛。喊，好么？可是家里的家伙，还是不满足哪。真是的，可不是没意思的事情吗？喊，你们怎么想？从早到晚，辛辛苦苦，里外的事，都是我一个人干的呀，然而还要不满足，真是不上算了，真是的。钱右卫门摆出那样的脸子，周身裹着绸缎，可是并没有特殊的好衣裳，就是暂时出外，也是要从当铺里去掉进掉出的用。真是的，每隔一日便要点利[16]，单是这笔钱也就很不少了。有我在那里，给他这里那里的打算，才算过得去，可是钱右卫门乃是全不知道这个恩惠的。"

鬓五郎："那么当东西的差使，主要是你去么？"

飞助："唔唔。"

鬓五郎："一定是要些赚头[17]吧。"

飞助："哼，那是没有的事。我在这种事情上，是划一不二的。这边原是受着人家的照应，也是尽量的想帮他的忙，可是钱右卫门一直都不了解。这是全然不懂得道理的家伙。——嗳！（打饱嗝，拉长。）喊，好舒服！坐在板凳中央，一位四文[18]酒一合，一客汤豆腐[19]，非常的愉快了。——嗳，这就走吧。"

鬓五郎："到哪里去？"

飞助："那个老婆又受了孕了。"

长六："去叫稳婆吗？"

飞助："什么，说要坐浴，叫人家给买陈年的干叶[20]哩。"

鬓五郎："很好的差使呀。"

飞助："是食客当然的职务呵。真是的，再也当不住呵。——喊，鬓公，晚上给我做吧。要行冠礼[21]了。头顶非常的发痒了。"

鬓五郎："为什么上火？"

飞助："就是为了她的事呀。"

鬓五郎："说话很巧妙呀。"

长六："为了她的事情那是说雉鸡猫[22]的事吧。说起了猫，请看这只猫吧，在怀中很好的睡着哩。"

飞助："喊，那么再见。"就走了出去。

短八："报应的家伙，多大年纪了，还准备当食客下去么。"

鬓五郎："就是卖卖老糟，也可以过得日子嘛。"

短八："辣茄这东西[23]，并不是每个人家都要多用的，可是那个也可以成功一种家业。在这样难得的江户，不能过得日子，那就压根儿是不中用的人。"

鬓五郎："无论做什么事情，就是住在乡下，也赚得钱，就靠这一点力量嘛。所以能够像样的过得去的人，不必到处旅行，只要住在江户不动便好了。这是江户的所以是难得地方。"

【注解】

〔1〕凡寄住人家吃白饭的称为食客,唯中国因有历史的关系,尚无甚坏的联想,日本却是两样,即其名称亦甚滑稽,称作"居候",言住在此地,用公式的敬语。食客为讽刺文学的很好的对象,在落语及笑话中间时常出现。

〔2〕茶磨子的本事谓学无专长的技艺。

〔3〕这里是说从墙上半腰以下,糊贴厚纸。

〔4〕俗语云,猴子比人稍差,只因身上缺少三根毫毛。

〔5〕四文钱以九十六枚为一串,计即为九六钱四百文也。

〔6〕日本年糕系用江米蒸饭捣成,即是中国所谓糍粑,制成厚约五分,长方的年糕。切作方寸小块,在火上烤焦,再加作料煮食,称为杂煮,为元旦必备的物品。在切方块时所有的零碎边角,凡不成正方块者,称为年糕的耳朵,照例为食客的食料。

〔7〕食客受主人嘱咐,照管小孩,仿佛是很爱儿童的模样,实际却是无可如何。日本称性喜小孩者曰"儿烦恼",今姑译作溺爱孩子,虽然实际不大适合。

〔8〕烟草称曰淡巴菰,写作"多叶粉",今将三字分写,言所吃的烟尽是"粉"了。

〔9〕这里说太是厚道的主人把食客养在家里,弄到家产全光,仿佛被剥光了衣服了。原本将食客("居候")与食主("置候")对立,很是诙谐,且前者有一种威势,后者则显示恭顺的样子,在用语上亦很有滑稽的意思。

〔10〕日本坐卧用草荐加席，称曰叠，卧久则草荐便现凹处，这里即引此为譬喻。

〔11〕参看初编卷上六节注〔13〕，64 页。

〔12〕原文云"三拍子"，谓用小鼓，大鼓及笛三种乐器合奏。

〔13〕见初编卷中一二节注〔8〕，107 页。原系摔跤时一种口号，难得适切的译语。

〔14〕"奇字号"即言奇妙，下接字号为民间游戏语。

〔15〕上边用了和歌用语"也矣"，故此处接上此一句，模仿和歌的样子，又山里的樱花意言虽是樱花而在山里，无人理睬的意思。

〔16〕原文指不照复利计算的利钱，此处系当铺的利息，不还本钱只付利息，俗有点利之称。

〔17〕原本云虚借，谓在借钱上作弊，但事实或不可能，故今只笼统说作赚钱。

〔18〕四文一合是廉价的酒，日本售酒以升斗计，一合约为三分之一斤。

〔19〕用白汤煮豆腐，蘸调味料食之，很是简单的副食品。

〔20〕干叶乃萝卜叶阴干，用以煎汤，用以坐浴，云善能使身体温暖。

〔21〕日本旧时于男子十五六岁时举行冠礼，称为元服，剃去前额顶发。此处只是说剃发，故作诙谐。

〔22〕雉鸡猫谓有雉鸡毛斑纹的猫，这里系是隐语，指平常的艺妓。

〔23〕江户新宿附近出产辣茄，有甘辛屋仪兵卫制为"七味辣茄"出售，其人有口才，擅为谐谑，故销行甚广，养成江户人喜用辣茄的习惯。所谓七味系指辣茄，外加陈皮，胡椒，肉桂，黑芝麻，麻子，罂粟子等，共计七种。

一六　钱右卫门

　　说着话的时候，钱右卫门来了。

　　鬓五郎："钱右卫门大爷，你来了？"

　　钱右卫门："怎么样，鬓公，昨天晚上的地震知道么？"

　　鬓五郎："哪里，什么地震，睡着了。"

　　钱右卫门："那个地震都不知道，真是福气。说起福气，且听我们家里的客人的事吧。"

　　鬓五郎："飞助吗？"

　　钱右卫门："唔唔。"

　　鬓五郎："现在刚来这里呢。"

　　钱右卫门："怎么，刚才来了？那个猴子变的东西，今天早上忽的爬了起来，吃了现成摆着的饭，往日本桥去了，直到现在还未回来。差他去只有五町或是六町远的地方，也有大半天，很是不合算。"

　　长六："他说不是日本桥，今朝早起，从杂司谷到堀之内去了来的。"

　　钱右卫门："这又是他的得意的诳话了。像那个家伙那样的，善于说诳的再也没有了，信口开河的说个不了。今早起来，是八点钟打了这才起身的。是在家里的人都吃了早饭之后了。本来吃现成摆着的饭倒也罢了，可是你自己吃的饭碗，总得洗洗吧。我一个人在后吃完的时候，我也是愿意自己去洗，可是他却是一向不理会。昨天晚上，又不知在哪里喝了酒，成了泥醉，来同家里的人找起碴儿来了。"

短八："很坏的酒脾气。"

长六："真是麻烦的人。"

鬓五郎："今天早上也是醉了来了。"

钱右卫门："喝了迎接酒¹了吧，这浑东西。"

短八："倒是特别讲究呀。"

长六："钱右卫门大爷，轰了出去岂不是好。"

钱右卫门："这因为有点可怜，所以留他住着了。若是从我的家里被赶了出来，立刻要没有地方去了。"

鬓五郎："可是零钱尽够花消，这也是特别的。"

钱右卫门："什么，那是有道理的。凡有卖买东西，决不肯那样便放过去，那非得拿些底子钱²不可。但是我们这家里的人很多，好像是全班合演的第二出戏³的样子，所以食客是常有的。向来没有藏着隔夜的钱⁴嘛。在我的家里来的钱，是叫作初三月亮的钱⁵，或是闪电钱的，不论怎么样，只是一瞥见，随即出去了。可是用钱的方面却是来得利害，这里是很为难。无论怎么，反正没有成财主的意思。吃着好吃的东西，过了一世，最是上算了。至于财主根性，那是别样的。请看我们邻居的多福罗屋吧。通年

132

啬刻的过日子，吃的东西也不吃，好像一生是被雇着做金银的看守似的。那样的积存下来的东西，死了之后是带不去的。身后也没有儿子，整个的留给不相干的人，真是没意思的事。"

鬓五郎："人家说是啬刻，其实像财主这样大气的人是再也没有了。为什么呢，请看他把辛苦积下来的钱，送给不相干的人，所以这样大气的事情是再也没有的了。"

钱右卫门："可不是吗？真是那样的呀。"

长六："运气好的时候，自然而然的好事会重叠的来。那边的家里是，伯母太太的送终钱一千五百两，老婆的娘家来的分得纪念的田产两处，卖价都各值一千两八百两，所以这是很了不得的东西。"

长六[6]："这好像是读唱戏的包银账[7]那样子。"

短八："我也想要一个好的伯母。我的伯母是苦命的，光身一个人，还要我来照应。嗳，真好气人。如果有一千五百两送终费的进账，我也可以从伯母那里，去拿二百三百的零钱用了。"

钱右卫门："那是孝顺伯母，是好事情呀。你好好的孝敬她吧。这是很难得的事。——喊喊，那个老婆子是干什么的呀？"

鬓五郎："哪里哪里，唔，那是巫婆。"[8]

长六："巫婆这种人是戴着一顶很小的竹笠走路的。"

鬓五郎："是呀是呀。"

钱右卫门："还提着包袱。"

短八："是的呀。"

长六："那是夏天出来走动，在这霜冻天气倒是很稀少的。"

长六 [9]："因为是寒巫婆 [10]，所以值钱吧。"

钱右卫门："没有错吧。"

鬓五郎："那是里边的人家叫了来的。"

长六："为什么呢？"

鬓五郎："里边变助的家里内掌柜的有点儿不舒服，大抵是先妻的作祟吧，大家这么说着。"

钱右卫门："所以叫巫婆来掸竹筴 [11] 的么？"

鬓五郎："大概是那样的吧，还有那邻居的甚太那里的老头儿遇着神隐 [12] 了，所以听说要一起叫关亡 [13] 呢。今日就去叫了来了。"

钱右卫门："哪里，哪里。"向着小胡同里张看。"一点都没有错。"

鬓五郎："没有错吧。走进哪里去了？"

钱右卫门："在你家的后面的一家进去了。"

鬓五郎："那么是甚太的那里了。变助的家里大约因为有病人，怕有妨碍吧。"

钱右卫门："那事情倒也怪得很。"

长六："像是假话哩。"

短八："什么，那是经弘法老爷 [14] 的试过的，不会有假话。"

长六："一会儿就起头来吧。"

短八："从你家的里边可以听见吧。"

鬓五郎："小窗里伸出头去，就看得见邻家。"

短八："现在就偷看一下。"

长六：“这倒是很好玩的。”

钱右卫门：“很妙的哼起来了呢。”

钱右卫门[15]：“原来是变助做的不对。单是在这里讲讲的，先头的老婆是着实吃了苦。”

鬓五郎：“是的呀，以为辛苦可以减少一点了，却带了现在的女人进来，两个人一起欺负先妻，终于把她轰出去了。”

长六：“很可怜的。那个内掌柜现在怎么样了？”

短八：“也不另外结婚，听说是住在娘家里。可恨呀可恨的，一心想念着，后来渐渐的得了病，终于变了那边[16]的人了。”

钱右卫门：“南无阿弥陀佛！咳，可惨可惨。”

长六：“那是当然不会忘记的。就是我听了也很生气哩。”

钱右卫门：“这回的老婆要给死鬼弄死，那是明明白白的了。至于变助的将来也一定没有好的结果。做了没有人情的事，哪里会有好的事情呢？无论怎样，总不能平平安安的下去吧。”

鬓五郎：“正像现在流行的合卷[17]绣像小说里所有的情节呀。”

钱右卫门：“一点不错。若是读本，那是京传，或是三马[18]所作的那种东西。”

长六：“变助的脸，也是照着高丽屋[19]的脸子去画好吧。”

短八：“顶好是去托丰国或是国贞[20]去画变助的脸子。”

钱右卫门：“给鬼死，变助也就出了头了。编成了绘本，排成戏剧，这是比什么都好的功德[21]呀。”

鬓五郎：“如排戏剧，那是鹤屋南北[22]的脚本，音羽屋[23]的老头儿的脚色吧。”

钱右卫门："无论哪方面，都很能干的人嘛。"

长六："是造化很好的人。"

钱右卫门："鹤屋南北在从前是扮大面的，可是等级表上是上上吉[24]的名人。"

鬓五郎："这是他的家系，是脚本作者。"

长六："是胜俵藏[25]的改名嘛。"

钱右卫门："嗳，是俵藏么？"

长六："应付很是机灵呀。"

短八："确是了不起。"

长六："我说，今年的全班合演是大成功，全满座呀。"

鬓五郎："我是忙得很，终于没有去看。"

钱右卫门："现在的年轻人的确是灵巧得很。虽然大家称赞从前的优伶，试把从前所谓名人好手的优伶送上现今的舞台去看吧。与当时的流行不相合，完全行不通。在亮相的时候，在使劲的时候，身子全不动，这是古时的艺风。现在去做这样的事，看客便不懂得了。从前的时候，所谓戏[26]实在乃是戏。现在的戏不是戏了，除了不用真刀真枪打仗以外，此外都是实演的。庆子[27]是七十几岁的老头儿了，却在扮演十四五岁的闺女，这是从前的事情了。那时候的人照那时候的风气，也就成了，但是在现今的世上，七十几岁的老头儿扮成十四五岁的闺女，看客可是不能答应的。扮阿半的非与阿半年龄相称的优伶，扮千代[28]的也非得与千代年龄相当的优伶去担任，大家就不承认。而且年轻人也真灵巧，所以什么事也敌不过。这不但是优伶是如此，一切的事情全是年轻人的世界呵。可是全班合演的第二出戏，无论何时总是下雪天²⁹，高丽屋的老爷子说着照例的说漂亮话。和田右卫门，还有筑地的善公³⁰。无论何时总是一样第二出出来的脸，实在像是全班合演的样子³¹。和田右卫门是还叫作中岛国四郎的时候，就认识的，那个高丽屋的老爷子是屡次改换名字的人嘛。筑地的善次也从宝历年间³²长久登台，得人心的，很有人捧场的优伶。这样是筑地也回不去，就成为通行的一句话了。"

鬓五郎："彦左卫门³³听说辞了舞台了。"

长六："怪难懂的话，说是什么辞了。"

鬓五郎："我是传染了大爷的口调了。"

短八："善次刚改成彦左卫门，从前就是善公么？"

钱右卫门："从前就是善公嘛。真是难得的优伶呀。"

长六："插花也是大先生哩。"

鬓五郎："这是谁都知道的事情。"

短八："是风流的事。"

钱右卫门："可是戏院兴盛，优伶巧妙，也总没有及得当时的了。"

鬓红郎："说到古时候，也没有能够及当时的了。"

钱右卫门："可是古时候是万事的祖宗，所以的确有它的好处。现今世上却将古时候的事情作为基础，再往上爬了上去，所以人们确是更加聪明了。"

鬓五郎："这样想了起来，我们的后边，有一个俳谐师的³⁴的和尚。你大约也知道吧。"

钱右卫门："唔，是个傲慢的和尚呀。"

鬓五郎："乱说些什么之乎者也，吓唬不懂的人。这家伙可是闹了一个大笑话。"

钱右卫门："哼，怎么样了？本来并不懂什么俳谐，却模仿芭蕉[35]，听说出外行脚去了。"

鬓五郎："这家伙煞是可笑，自以为是芭蕉，戴了别致的头巾，好像是算卦的模样，项颈里挂着头陀袋，手里拿了叫作如意的东西，这样出发了，这倒还好。"

钱右卫门："这样先有了个老师的模样了。"

鬓五郎："什么，从越后方面转到什么地方的小路上，据说在野外露宿了。"

钱右卫门："嗯。"

鬓五郎："在那天晚上，却被狼吃了。"

钱右卫门："呃？"

长六："给狼吃了？"

鬓五郎："是呀。"

钱右卫门："呀，真会有怪事出现呀。"

鬓五郎："就是这一点。古时候的芭蕉是名人好手，声名流传于后世的那样人物，所以也在山野露宿，也经过山路的艰难，干那行脚的勾当。因为具备德行，所以能免除灾祸。现时的和尚什么搞俳谐呀，出去行脚呀，模样是芭蕉，可是心里不是芭蕉，所以给狼吃了。"

大家笑着："哈哈哈。"

138

【注解】

〔1〕迎接酒参考初编卷上七节注〔3〕，70页。

〔2〕原语云穿高底木屐，有一种木屐系雨天所穿，屐齿特别的高，喻代人买东西，故作高价，于中取利，中国云底子钱，取意亦同。

〔3〕全班合演于演第二出戏的时候，登场的人特别全，此里借比家中人口众多。

〔4〕这是一句俗语，说江户的人民豪爽的脾气，一天里赚来的钱就在当天用去，毫无一点留恋，所以不能存钱。

〔5〕阴历初三的月亮乃是新月，只出现片刻，旋即不见了。

〔6〕此处应是别一个人说话，但原本写长六，今仍其旧，如改作别人亦别无适当的人可改。

〔7〕普通称作"千两俳优"，对于俳优的包银往往夸大报道，故这里如此说法。

〔8〕巫婆原文云"市子"，与巫女不同，巫女本意云神子，属于神社，司祈祷歌舞，市子则是一种行业，专门"关亡"，惟所招来的魂灵有生口死口两种，于普通关亡之外，并能够招致活人的魂前来说话。

〔9〕见上文注〔6〕。

〔10〕日本以小寒以后三十日间称为寒中，其时所猎取各物

皆特别珍重，能得善价，如寒中鲤鱼，寒中鸡蛋等，此乃援例戏言。

〔11〕巫婆用竹枝蘸水，四面挥洒，供奉招来的魂灵，口头传述意旨。

〔12〕有人忽然失踪，遍索不知去向，民间说是"神隐"，谓被鬼神隐匿了。其遇着神隐的人大抵以小儿妇女及老人为多，间有成人亦多是神经不健全者。

〔13〕巫婆所招致的本来只是灵魂，但不限于死者，译作亡似觉不妥，可是别无适切的名词可以包括活口，故只能统称亡了。

〔14〕弘法大师本名空海（七七四—八三五），为平安初期的名僧，曾留学中国，归国后大兴佛教，甚得国人的信仰，至今尚有许多神异的传说流传于民间。这里说巫婆降神经过弘法大师的试验，亦是此种传说之一。

〔15〕此处钱右卫门说话亦前后重出，今仍其旧。

〔16〕"那边"即是人世的对面，讳言死了，故婉曲的那么说。

〔17〕"合卷"系江户时代流行的一种通俗小说，从称作"赤本"的连环图画起头，转变为"青本"，内容也由简单的童话进而为报仇等英雄故事，篇幅也因之加长，当初只是五张纸，现在加至四五倍，于是合卷就因而产生了。在一八〇六年三马作《强太郎强恶物语》，计前后两册，有从前的十册的分量，这就是合卷的起头，是本书出板以前七年的事。

〔18〕读本是以文字为主的读物，图画为副，略似中国的演义。山东京传（一七六一—一八一六）与式亭三马（一七七六—

一八二二）均著有读本，但不是他们的擅场，京传的代表著作乃是"洒落本"（中国的艳史一类），三马则是滑稽本，与十返舍一九算是这一方面的杰出的作家。

〔19〕高丽屋即松本幸四郎，为当时名优。

〔20〕歌川丰国是有名的浮世绘师，善画仕女，多作绘本插画，又以"优伶绘"著名，其弟子歌川国贞继之，有出蓝之誉。这里所说即指将变助的事编成戏剧，由高丽屋扮演，再请丰国作为浮世绘，其结果必然大有可观。

〔21〕日本俗信如报应得偿，则关系者亦遂得解放，可以出头。若将事迹传播，使世人多有知者，亦是大有功德，令死者得度。

〔22〕鹤屋南北初为中村座优伶，名为胜俵藏，扮演净角，后娶第三代鹤屋南北的女儿，改名鹤屋南北第四代，为本座的附属脚本作者。日本艺人名号往往由父子师弟递相承袭，但加一世代数目，以为识别。

〔23〕音羽屋即尾上菊五郎第三代，与鹤屋南北相提携，以善演怪谈剧有名。所谓怪谈，即指出现鬼怪，关系因果报应的情节。

〔24〕指戏评上的记号，犹言极上。

〔25〕参看上文注〔22〕。

〔26〕原文云"狂言"，本意是如字义直说的疯话，后来则为"能狂言"之略，是指能乐中间所演的滑稽戏，随后又转为"歌舞伎狂言"之略，所指乃是旧戏了。这里即取最后一种意义，说在剧场所演的戏，但同时含有"假作"的意思，今俗语"狂言"中含义即是如此。

〔27〕即中村富十郎第二代，庆子为其俳名。

〔28〕阿半与千代均为戏剧中女人名。阿半为《桂川连理栅》中长右卫门的情人，千代为《心中宵庚申》中半兵卫的妻子。

〔29〕全班合演的第一出照例为历史剧，第二出则为社会剧，其开场的背景又一定为下雪天，穷人家里的样子。

〔30〕中岛和田右卫门善于扮演戏中出现的恶人，坂东善次亦是如此。善次居十筑地，有俳名曰善好，诨名筑地的善公。

〔31〕此处语意不大明了，盖由不懂演戏事情，故有缺理解。

〔32〕宝历为桃园天皇年号，凡十三年自一七五一至一七六三。

〔33〕彦左卫门即坂东善次后来的改名。

〔34〕从事于俳谐连歌的人称俳谐师，亦称俳人，别有雅号，就是俳名。

〔35〕松尾芭蕉（一六四四——一六九四）为日本有名的俳人，从游戏的俳谐连歌出发，转变成独立的俳句，后人遂称"蕉风"为正宗。芭蕉虽未出家，而剃发为僧形，常出行脚，旅行各地，后来俳人常仿行之。

一七　泷姑的乳母

这时进来的是财主家的乳母，拉着似乎是那位的姑娘，五岁左右的孩子的手。

乳母：“大家笑的是什么呀？”

鬓五郎：“奶妈，今天不早了。”

乳母：“今天是大奶奶[1]的出门。”

鬓五郎：“喔，到哪里去？”

乳母：“上戏院呀。”

鬓五郎：“这个月很迟了。”

乳母：“什么，已是第三回了。”

鬓五郎：“为什么不陪了去的呢？”

乳母：“陪着奶奶去，很是不痛快。因为这孩子不高兴去，所以也没有意思看，可是去了真想看时，又不能照料这孩子了。”

长六：“奶妈是有事情比看戏还要有趣[2]的吧？”

乳母：“有什么呢。——啊，泷姑儿，危险呀！在那里要是摔了，乳母可就糟糕啦。母亲不在家的时候，若是受了伤的话，那么这才真是打破饭碗了。所以嘛，说是上去是不成的呀。”

143

泷姑："阿奶呀，爬上去吧。"

这时候内掌柜从里边走了出来，说道："哎呀哎呀，泷姑儿到来了吗？喊喊，请上去吧。阿姨有好东西，留着给你哩。奶妈，请到上边去吧。什么，大奶奶是看戏去了吗？"

乳母："嗳，今天是茸屋町³呀。"

内掌柜："看重⁴的是宗十郎吗？"

乳母："也没有一定。因为没定性，所以捧场的人也时时变换。"

短八："好个没情义的大奶奶。"

鬓五郎："对于优伶这也算了。倘若对于丈夫也是这样，那就了不得了。"

内掌柜："但是这是很可羡慕的事情。戏文变换了的时候，好几回都去观看。"

鬓五郎："茶馆⁵是丸三吗？"

乳母："不，在界町的时候是丸三，今天是新开路的越长吧。"

鬓五郎："好，好。晚上早点关门，赶去看末一出⁶戏吧。但是大奶奶去看戏的时候，没有什么便宜可占吧。"

长六："因为女人总是有点啬刻的。"

乳母："不，我们那里的大奶奶却是很会花钱的，还是夫妇两个人一同花钱，不知道那样的办是行吗，像我这样小气的人，旁边看着也是着急。"

鬓五郎："昨天大爷早回来了吗？"

乳母："嗳，昨天是九点过，不，不，十点钟了。"这时候小孩纠缠着吵闹："阿奶呀，刚才的东西给我吧！"

乳母："嗳。——昨天是正十点钟了,总之是全然泥醉了,……"

泷姑："阿奶呀,唷!"

乳母："跳舞到房里来。"

泷姑："阿奶呀!"

乳母："大奶奶也亲自出来招呼,这之后又是喝酒。"

泷姑："阿奶呀,刚才的东西给我呀。"

乳母："嗳。——以后一直到了两点钟,……"

泷姑："阿奶呀!"

乳母："嗳。——两点多钟,这才睡了。"

泷姑："阿奶呀!"

乳母："答应着嗳嘛。你这样的吃下去,肚肚要痛了啊。这已经吃完了。"

内掌柜："真是的,还有送给你的东西呢。正好忘记了。"

乳母："不,不。已经吃得太多了,随后再给吧。"

鬓五郎引起耳朵来听："喊,喊,起头来了。"

长六："这东西有趣有趣。请你给快点梳吧。"

短八："喊喊,听得见,听得见。"

这时候又有传法二三人进来了,一个叫竹公,一个叫松公。

竹公："鬓爷,现在成么?"

鬓五郎："喔,现在刚好。"

松公："奇妙,难得之至。"

竹公："是我在先头。"

松公："说糊涂话。是我先伸出头来的。"

竹公："是我先跨进门的。"

松公："先伸出头来的得胜。你伸出脚去，不见得能开口吧。头先进去就能开口了。"

竹公："浑东西，头能走路么？用脚走路，所以先跨进门来的。总之是先来的得胜嘛。头先进来的人哪里有呢。"

松公："别瞎说了。脚是步行着先进来，可是如不是先伸出头，不能办什么事情。我是用脚走着来的，却伸出头来说话的。"

竹公："那么，还是先伸进脚来的好呀。我先把脚伸进了，随后才开口的。"

松公："别说讨厌话了。那样这样的，又不是怎么讲经⁷呀。"

竹公："浑东西，讲经是说那样的话吗？"

松公："不说那样的话，那么叫腕力说话来试试看。"

竹公："喊，你看吧。是那么固执的人，不理他也罢。"

鬓五郎："喊喊，两个是一起的，所以好了吧。"

长六："松爷，现在这后边有巫婆正在关亡哩。你不听吗？"

松公："这倒是有趣得很。"

竹公："我也来听。"

短八："关的是死灵。"

竹公："是死灵，气势才好呀。你给我快点怎么弄一下，便只把头发一捆就好了。"

松公："等一会儿我也来听。"说着朝胡同口走去。

长六："喊喊，就在这家里听得见呀。"

松公："听得见么，这是奇妙的事了。哼，这是上等包厢呀。

146

真是难得。"

  竹公：　"喊喊，阿松，你也试试来关点什么吧。"

  松公：　"把那个女人关来试试看，怎么样。"

  竹公：　"那么，一定说些唠叨话吧。"

  松公：　"抱怨屡次给垫钱[8]，有增无减。"

  竹公：　"去你的吧！"

  松公：　"要不然就说你的失信。"

  竹公：　"她托过你什么来了？"

  松公：　"四脚[9]的肉十两，本来应该给她买了去，可是那一天的晚上给她骗过去了。"

  竹公：　"没有一点风流气的老婆子。"

  松公：　"据说这个样子关起活口[10]来，要非常的渴睡的。"

  竹公：　"那个婆娘洗过了澡，现在这时光正睡着吧。"

  松公：　"那么，也正是太郎兵卫[11]请你走吧了。"

  竹公：　"有很好的办法了。把这贴在墙上的窑姐儿的画，同这里的金时的画，揭了下来，缚在一起，这样的关亡岂不好么。且看这个窑金时说些什么事。"

  松公：　"这样做妙得很，就照样来办吧。"

  长六：　"我也有想关了来看的东西。慢慢的来吧。"

  竹公：　"奶妈你也不把你在乡间的丈夫来关一下么？"

  乳母：　"不不，据说这是一种罪过，所以不要那么做。"

  松公：　"哪里是罪过。在江户养着情人，所以关了丈夫到来，一定是要很受申饬的吧。"

乳母："没有这样的事情。口头虽是油滑，可是心里是下着锁的。"

竹公："心里虽是下着锁，可是腰下是开放着的。"

乳母："讨厌。"

松公："可是并不是真是太讨厌吧。——喊，大家都来呀。"

长六："喊，去听听看。"

短八："好吧好吧。"

钱右卫门："我也来听吧。哼，都是小孩子气似的。"

内掌柜："奶妈，你也来听听吧。"

乳母："觉得有点怕人似的。"

内掌柜："没有什么可怕的。"

鬓五郎："喊，你别再做要花钱的事了。"

内掌柜："什么，我并不要关什么亡呀。"

鬓五郎："哼，要是我不在家，恐怕是第一个跑出来叫关亡的吧。"

松公："此后是第二编，巫婆关亡的事情说起头了。——喊，请进来吧，铮，点点！" [12]

巫婆关亡说话。种种有趣的情形，详细记在第二编里。等来年甲戌 [13] 春间出版，在那时候请赐批评为幸。

148

【注解】

〔1〕大奶奶原文云御新造，本指新造的船只，后转谓少女，或云新妻，这里乃是说使用人对于年轻的主母而言。

〔2〕听云更有趣的事情乃指与情人密会，在通俗文学如落语川柳中间，有几种人常被用为嘲讽的材料，如食客及女佣人，乳母也为其一，多被说是淫奔的。

〔3〕葺屋町是戏院市村屋所在的地方。

〔4〕泽村宗十郎第四代，又称纪伊国屋，当时名优，善演小生的脚色。看重原语乃是"捧场"，所以本应译作"捧"字，但语气嫌稍欠庄重，所以改作意译了。

〔5〕茶馆系照字面直译，但与中国略有不同，此系附属于剧场的，专为看客办理买票及中间休息及饮食各事。

〔6〕一日上演二种以上的戏剧的时候，此指最后的一出而言。

〔7〕原文云谈义，谓佛教的说法，由谈义僧称引经文，对于世事加以批评。江户时代有一种通俗小说，称曰谈义本，模仿谈义僧的口气，描写社会琐事，故当时对于讲经。

〔8〕这里是说游客无钱付账，由相识妓女代为垫款。

〔9〕日本旧时社会忌食兽肉，平常只吃鱼介鸟类，凡属有尾巴的皆在排斥之列，如鹿及野猪肉等。在江户只有三家肉店经售，冬时贱民相率购食，至明治维新后始盛行肉食，至称烤煮牛肉为"开化锅"，犹言文明锅也。

〔10〕巫婆降神，如招致活人的魂灵说话，谓之活口，其被招的人同时便觉得渴睡。

〔11〕参考初编卷上四节注〔17〕，41页。

〔12〕这一句系模仿杂耍场招徕看客的口气，末句则口头仿弹三弦的声音。

〔13〕此系作者的广告，预定明年甲戌即文化十一年（一八一四）发刊第二编。

后序

　　长的东西，曰飞头蛮¹的呕吐。这是仿佛清女²的笔下的，"东西是什么"的常用语。但是比这还要长的，乃是不佞³三马的随便包工。以为可以即刻成功，却是料想不到，对这柏荣堂⁴约定，明天后天的拖延，终于昨天歇工，今天偷懒，不知不觉的经了四个星霜了。宜哉，出板的主人生了气，跳了起来，怒曰：呀，你三马这大痴汉，你不知书贾的周转吗？办货有办货的季节，发卖有发卖的时候。像你这样偷懒的话，要想发卖，而制办不到，不上不下的抓不着头脑，而书店亦将托福而成为空洞洞的了。像你这样的戏作者⁵，称作先生，实是过分。叫作什么大人，假作尊敬，无非是想早点给写罢了。说是后暗观音⁶，或用吴音叫作先生，也只是想要得钱的尊称⁷。其实是上边应该加一个"什么"的冠词，称为什么先生的家伙。在那川柳上说，叫声先生，把烟灰合①去倒掉⁸，——是一类的东西。因此暗暗的添上一个奴字⁹，说三马奴，人家都看你不起。此后当叫你作后生¹⁰，称你为小人，

---

　　① 合，通"盒"。

著作也不托写了，笔也好丢掉了。怒气现在满面，欲心潜于脐下[11]。这原来都是的确了，没有半句的分说，乃急速取笔，成此小册，以为辩解。每回总是如此的长柄人柱[12]，急忙写成的读本，作为出板迟误的谢罪状，立此为据云尔。江户前之市隐，式亭三马醉中志。

【注解】

〔1〕日本有一种文字的游戏，名为"东西是什么"，先出一题目云，长的东西，由解答者接续下去，意义务求巧妙滑稽。如这里答云，飞头蛮的呕吐，飞头蛮原文如此，盖利用汉文旧书记录，训读则曰辘轳首，传说有人头能离开身体飞去，旋复飞回接合为一，日本则变为脖颈能伸缩自在，形如长蛇，故身体在室中，头能外出觅食。因为颈子长，故呕吐时经过的时期亦特长久。

〔2〕清女指日本平安朝才女清少纳言，不详其名，只因姓清原氏，故用以为名，少纳言则系当时官职。生于公元十世纪时，所著有《枕草子》一卷，凡随笔杂文二百九十六篇，极为有名。《枕草子》中有一部分，模仿唐代的《义山杂纂》，历举可喜或可怕的东西，这里所说即指此，杂引古典文学作为滑稽资料，此系游戏文章的常态。

〔3〕原文如此，故意用汉语古文，下接俗语，亦是戏作手法。

〔4〕柏荣堂即为《浮世理发馆》的出版书店。

〔5〕戏作者为江户时代一般作家的通称，盖当时文学标准唯以和汉古典作品为准则，一切俗文学悉在摈斥之列，作者亦深自谦退，称为戏作，但也有人故意自称戏作者，犹画家之称大和绘师，则又有相反的表示抗争的意思了。

〔6〕六观音（六道济度的观音）的开庙的日子是每月阴历的十八至二十三日，此后皆无月亮，故称为后暗，引申为忘记恩惠，不顾将来的事。亦写作"尻喰观音"，谓兔足前短后长，上坡时有困难，因念观音名号求助，及下坡便利，乃骂吃屁去吧。此处原写作尻喰观音，译文乃从第一义。

〔7〕吴音的先生未见使用，与下文关连的意义亦不明显，今姑照表面的意思译出。

〔8〕此系讽刺食客的一句川柳，在称呼上虽是先生，但实际是使唤作听差的所干的事。

〔9〕相承写作奴字，第一种表示轻蔑的接尾语，意思略如东西。

〔10〕先生的反对，小人亦为上文大人之反对。

〔11〕上句言来客发怒，下句言主人惶恐。

〔12〕长柄桥屡建不能成，乃以人为牺牲，埋于土中，称为人柱。长柄的音读为奈伽良，即上半句总是这助词，人柱又是下文急忙的字义双关，构成戏作的文章，唯译文中只能略存其大意罢了。

153

二编 卷上

大家都是可怜的人间。

序

假如世上没有虚伪，那么来恳求说谎话的戏作者的人也不会有了。唱着胡诌的歌谣，走了来的，乃是柏荣堂的主人。空口答应的后天已经过去成了昨日，前来催促，原稿怎么了，怎么了。前编已经发行，二编正在等候。侥幸得着喝彩的声音，都仰仗先生这支笔的把戏了。忽而称赞了，忽而讪笑了，种种逼迫，但是没有办法的，乃是钱与二者。本来以虚诞为著作，乃是戏作者的本意。将阎罗王所拔的舌根[1]，自由自在的活动，无如近来虚假缺货，专心思虑不得要领。乃乘南镣一片的云[2]，走于北方的虚空，忽到升平之乐国，即登欲界之仙宫[3]，于是三千之美女，出现于三步[4]，五分[5]之灵魂，飞上于二楼。及酒醒兴竭而归，熟思于扁舟之中，夫昨宵之实即今朝之虚，去年之实为今年之虚。罗列百折千磨之诈，无非千状万态之虚，世人竞卖虚假，亦争买虚假，可知世上有趣的东西盖无过于虚假者了。于是舟师的老兄[6]，按橹而言曰，子非三马大酒[7]乎？宿醉尚未醒欤，何故乃吐如是的谵言。吁，亦小矣哉。夫曲中[8]之虚，却是招牌无假。子欲知虚中之虚的事，可旷观天地之间，且不论日月星辰，其森罗万象，非团集虚假而成世界耶？子不解世界之大虚，而探索其事物之小者，其误亦甚矣。余一句亦不能对。舟至杨柳桥下[9]，舟师取烟管衔之，鼓枻去。乃作歌曰：倾城无真情[10]，世上虽如此说，今且从客人的虚假说起吧。归家又复下虚假之种子，笔耕而成此稿。

文化九年壬申十二月中浣，在本町小筑，欲心深处执笔，昔时所谓金平本[11]的作家，式亭三马题。

【注解】

〔1〕佛教谓说谎话的人死后，阎罗王命拔舌，戏作者专务说谎，故当入拔舌地狱。

〔2〕南镣见初编卷中——节注〔8〕，102页。此处南镣一片的云则指往吉原的轿子，银二铢为当时的轿价。

〔3〕吉原在江户的北方，隐语称曰北国，所谓升平乐国，欲界仙宫，均指妓院。

〔4〕银三分为高等妓女的价格，分亦作步，这里"三步"系用《阿房宫赋》语，关合银三分。

〔5〕俗语云，一寸的虫也有五分的魂灵。此言楼上的热闹，令人心魂飞散。三千三步，五分二阶，利用数目字，仿为骈文。

〔6〕此系仿中国古文，特别是《楚辞·渔父》的说法，借舟师的口头出一番大道理来。

〔7〕"三马大酒"系三马大人之游戏的转变。

〔8〕曲中指妓院。或谓系言净琉璃的戏曲，于此未免缠夹。

〔9〕隔田川的柳桥，故意写作汉文式的杨柳桥，取其与文气前后相配合。

〔10〕"倾城"为妓女的美称，起源于中国的古歌"一顾倾人城"，此语遂从音读。妓女无真情，系旧有俗语，这里则进一步，谓话虽如此，然游客的虚假更可记述。然此语后亦遂不实践，本书并不说及妓院事，序文似为"洒落本"而写，且后来年月亦与初编末尾所说不符，据那里预告文推知初编当系癸酉年出板，而此序文反作在一年前，也是不可解的事情。

〔11〕坂田金时为传说上的英雄。参考初编卷中一二节注〔3〕（106页），后来作者又添出金平来，说是金时的儿子，配以渡边纲的儿子武纲，仿佛是《小五义》的样子，极力武勇怪力，演为荒唐无稽的故事，也称金平本。

一八　巫婆关亡

　　在浮世理发馆聚集的人们，从后面的小窗望到邻家去，看见巫婆将所戴市女笠[1]，放下在门口板上，自己正面坐着，包袱放在面前，闭着双眼，吸着鼻涕，时常用舌头舔那嘴唇，梓弓[2]弹不成声，喃喃的不晓得说些什么。看了昨夜的灯花而喜，听今朝的鸦鸣而愁，用痴话团成，上披饶舌的衣，迷信深厚，吃醋厉害的人们，或皱眉作八字，或撇嘴成入字[3]，各自哭泣，听着招来的亡人的声口。其怒而尖着两颊的，则是被叫作娑婆塞[4]的老顽固的老婆左卫门[5]，其笑而抱其两腮者，则是以无忧无虑出名的多嘴的调皮姑娘。住在市房的一切众生，六亲眷属有缘之徒，在维摩的九尺二间[6]方丈里，挨挨挤挤的排列坐着。童子童女的招来则命之进前，阿鹤龟吉[7]的窥探则令之退后，新魂[8]，生魂，各自开口，乃有上来的大禅定门[9]，以及历代的杂出的院号，可以听三界万灵的意见，无缘法界的批评，访信士信女的安否，候居士大姊[10]的起居，则十万亿土[11]良为不远，而地狱的审判亦仍然靠铜钱的多少[12]也。十二文的眼泪，在供水的碗里[13]成为深潭，现出从心里发生的三途的河水[14]，百文一升[15]的悲叹堆积于掸竹筊的圆盆上面，作为愿心所成的冥途的山 [16]。无烦恼则无菩提，有娑婆斯有冥土。欲恶烦恼的魂魄，昧于巫婆的教诫者，若在此时能悟此意，则将丈夫垫在屁股底下 [17] 的轻浮的老婆，将知道刀山剑树，懂得艰难渡世的方法，节省看家时的浪费，一面作弄媳妇的拧性子的婆婆，也知道叫唤红莲 [18]，寒暑避人 [19]，稍为折其刻薄无情的犄角 [20]，这也是济度众生的一法吧。听了念南无阿弥陀佛而泣下，因而退席的能干的媳妇也有，却说请好好的招来吧，往前进坐的人也有的。有六十几岁的年纪，好像是戏班里的老旦的人，在没有关亡之前已经落泪，先换了一杯供水 [21]。在一叶的槭树 [22] 摇动之后，又哼出来了巫婆的声音。

巫婆降神："天清净，地清净，内外清净，六根清净 [23]。上有梵天帝释，四大天王，下有阎罗法王，五道冥官，天神，地神，家内有井神，庭神，灶神。伊势国有天照皇太神宫 [24]，赞岐国有金毗罗大权现，摄津国有住吉大明神，大和国有春日大明神，山城国有祇园牛头天王，下总国有鹿岛香取大神，别有当国唯一的神宫冰川大明神，日吉山王大权现，神田大明神，妻恋稻荷神，王子稻荷神，三神大权现。日本六十余州，凡有神的行政的地方，出云国大社，神的数目九万八千七社的神明。佛的数目一万三千四个的灵场，普遍的惊动冥道。在此一时灵验显赫，将万般事物，毫无余留的告诉我们的梓弓之神 [25]。六亲眷属，有缘无缘，先祖历代一切的诸生灵，弓箭一对的双亲，一郎以至三郎 [26]。人也掉换了，水也有掉换，没有变化是这五尺之弓 [27]，打一下是，各寺的佛坛 [28] 都会响到的。"拉长了说，过了一会张开眼睛来。

关亡："招来了呀，招来了呀。梓弓的力量，所招致诱引，纵没有冥中的加护，也招来了呀。虽不是最可爱怜的怀念的孩子，乌角巾宝贝[29]，可是没有离开檐下过的，所宠爱的秘藏的乌角巾[30]来了呀！"

老婆："啊啊，可怜的，可怜的，花狗吗，花狗吗？啊啊，亏得很快的来了。想死我了，想死我了。真是的，真是的，每到寺院里听说教的时候，说起来也罪过，如来菩萨的不敢说，大师父和沙弥们的脸相，看起来都和你一样呀。每天烧香的时候也不能忘记，真的是，真的是，一天里没有不哭的时候。因为太是悲哀了，出了一百文钱，叫寺里给埋葬了，还请求檀那寺[31]，特别给取了母花狗的法号，还给立了一个石塔[32]哩。"

巫婆关亡："啊啊，啊啊，真难为你多给我哭了。我自从在廊子底下[33]降生以后，每日给我剩下的东西吃，阿花阿花的怜爱我，什么东西都给放在我的食器里，我也很是高兴，摇着拖下的尾巴，或是把手给与人家[34]。只是后街的鱼店没有慈悲，用了钩子和刀背打我，屡次的受了伤，其时你总煮了小豆给吃，并种种将养，这是我所觉得忘不了的。我那时虽然并不想死，可是在拐角的人家偷了半斤的松鱼得了惩罚：因为那一回三助[35]丢了个饭团，虽然也用心防着，可是看不见背着手藏着什么棍子，况且这和夏天又是不同，在冬天没有什么丢掉的东西，我的嘴是干了，因为太是肚饥的缘故，一口吃了下去，这就不得了，原来正是木鳖子[36]。就那么的倒下就死了，这真是，所谓狗一般的白死[37]罢了。就是当初健在的时候，也落到沟里去，身体满是烂泥，说是变成

161

病狗了，给街坊的孩子们乱打一阵。在垃圾堆里，和横街的雌狗睡着，也被酒店里的那癞头小孩所妨碍。后来好容易得了折助[38]的好意，抓住尾巴给帮了忙，才算达了目的，可是乌角巾习字放学的时候看见了，在中间却给撒了沙子。那么又听见有人呼唤的时候，心想有什么给吃的吧，走去看时，却只是哄孩子的撒尿罢了。前边的煮饭的娘们又将滚汤泼来，里边的老妈子[39]也是不懂道理的人，把别处的狗所拉的屎，硬说是我干的事，拿了扫帚来赶打。这样子低声下气的事情不知道有多少。你虽是很爱怜我，可是共枕人[40]很是啬刻，有时给点东西，也只是腌萝卜块的咬剩和茶粥的茶罢了。闻了一闻，随即走开了，却骂说这畜生奢侈惯了。这个身子和上方的[41]是不相同，说皮张的性质是不好，不能做狗皮的三弦，没有出世的希望。往生极乐之后，善人数目极多，百味饮食都来不及，没有剩余的东西，像佛的数目[42]那么多。俗语假如立着要在大树的底下[43]，那若是做狗也该做大地方的狗，正如俗语一样，我虽然是也颇机灵，但是因为出世，那也是没有办法的事。狗吃了苦，鹰得了好处[44]，这是娑婆一般的情形。现在本身想吃沟中流出的米粒，可是都给御前乌鸦[45]吃去了，一颗都没有进我的嘴里去。——可是，高兴呀，高兴呀。一杯清水的供奉，真要比吃了世上的屎还要觉得高兴，肚子里边直到肚脐周围，都浸透了的觉得高兴。我也想快点赶来关亡的，但水也不能倒流[46]，但是因为先灵也都要降临，想要先来，所以嘘嘘的把我制住了，一直弄到后边去了。现在你年纪也没有什么不满足了，所以可以早点打算往生[47]，我也在草叶底下[48]等着你了。真是依依不舍啊。御前乌鸦的事情拜托了你了！请你把御前乌鸦除了吧。总是依恋难舍，可是永久的永久的，不会得有断绝，所以还是去了吧。难得给我供了水了。高兴呀，高兴呀。永久的，没有断绝的，这依恋之情啊！再见了！"底下呜呜的拉下去，神就上升[49]了。

老婆抽抽噎噎的哭："呃，呃。咳，可怜呀，可怜呀。阿花啊，阿花啊！直到此刻，养在手边，人家所爱的东西，却给木鳖子吃毒杀了，真是真是可恨的事情。啊啊，一定觉得很是怨恨吧。可是呀，把那怨气消了，好好的成佛[50]吧。御前乌鸦也给设法除灭吧。啊，南无阿弥陀佛！"

调皮姑娘："呵呀，呵呀，老奶奶，我道是关谁，原来是关那死了的花狗吗？"

老婆："是呀。"

姑娘："这是怎么样的一回事！呵呵呵！"

大家一同笑起来了。

【注解】

〔1〕古时候女人所戴的笠，中央很高，多用漆涂，为女人行商的所用，故名市女，但后来不常见，唯巫婆尚多用之。

〔2〕梓树所作的弓，巫婆弹弓弦作声，唱歌以降神。

〔3〕原文用假名ヘ字，因形状相似，故改用入字。

〔4〕梵语称在家学佛的人为优婆塞，汉译居士，今戏改其

语以嘲老不死的人，盖谓娑婆世界悉被其所堵塞。

〔5〕此即老婆的拟人名称，左卫门为男人极普通的名字。

〔6〕维摩诘于方丈的室内，劝请三世诸佛，并不见窄狭。九尺开间，一丈二尺进身①，约等于一丈见方的地方。

〔7〕阿鹤龟吉系指普通男女，犹云张三李四。

〔8〕新魂原文云"新灵"，谓新死的人的精魂。

〔9〕日本旧俗，人死后悉归佛法，由和尚为题一"戒名"，最上等的称某某大禅定门，其次则称某某院什么居士，女的称作大姊，下文所云杂出的院号即指此。

〔10〕此二句意义相同，虽然本来信士信女系指在世的人，居士大姊乃系院号戒名，这里却只是混同的来说。

〔11〕十万亿土即极乐净土。

〔12〕俗语有云，地狱的审判也看金钱多少，这里改为铜钱，表示这些往地狱去的阶级，只有铜钱计算。

〔13〕十二文系为死人缘故的布施，用白纸包钱文，略为一拧，俗称纸捻儿。供水本系给死者上供，但此处系备关亡用的清水。

〔14〕三途河系冥间路上的河，共有三条，凡新死的人不是极善和极恶的，都要经过这里，按着各人生前的业报轻重，经过也有难易的不同。

〔15〕巫婆的谢礼系钱一百文，白米一升。

〔16〕悲叹与心愿堆积起来，仿佛成了山坡，顺便带出冥途

---

① 进身，今写作进深。

的山来。

〔17〕俗语称惧内的男子是给老婆垫在屁股底下。

〔18〕佛经里说地狱的名称，叫唤地狱为八热地狱之一，落在此中者不胜其苦，号泣叫唤。红莲为八寒地狱之一，落在此中者皮肤开裂，有如红色莲花。

〔19〕极寒极热的时候，躲在自己的家里，不随意去搅扰人。

〔20〕俗称妒忌的老婆与刻薄的姑都有两只角，盖比之为恶鬼，故头上有角。

〔21〕巫婆当开始关亡的时候，主人先供水一杯，置于巫婆的前面。

〔22〕关亡时如所招者为死口，即是死者的魂灵，供樒叶一枝，如是活口则用青绿的叶，不拘何树均可。樒为一种香木，日本常用作供物，本草引《南越志》云有蜜香树，但出于交广，似非常见之物。

〔23〕这四句原本系汉文，前三句系言环境清净，末句言本人已断六根的执着，故可请诸神降临。

〔24〕所请诸神均属神道教，不一一注明，间有一二属于佛教的，如金毗罗神出于印度，本义云鳄鱼，为药师十二神将之一，被崇祀为海神，船夫多信奉之。牛头天王亦出印度，云是忿怒鬼神，为祇园精舍的守护神，俗相传以为疫神云。

〔25〕梓弓能招亡魂说预言，这里尊之为神，虽然实在并没有这个神道。

〔26〕弓箭喻父母，一郎以至三郎说兄弟三人。

〔27〕此梓弓系小弓，夸大的说五尺，意思说是一个成人的身量。

〔28〕佛坛原系指各家所供奉的神龛，其中罗列先祖的牌位，日本称人死曰成佛，故死者亦以佛称，此处所说乃是在各寺院的祖坟，亦遂混称为佛坛。

〔29〕巫婆所用隐语称儿童为宝贝，乌角巾系日本古时的帽子，类似纱帽，隐语谓长子。

〔30〕意谓虽然不是自己的儿子，但同儿子一样的宝爱。

〔31〕檀那寺即本家所信奉的佛寺，参看初编卷上五节注〔10〕，52 页。

〔32〕日本在坟墓建塔，系模照印度的办法，有的即兼作墓碑之用，上刻戒名，其俗名则刻在旁边。但有近代亦有单用俗名者，仍用塔婆形式，无丰碑大碣也。

〔33〕"廊子底下"原文意云椽下，本来说是廊下，转变为檐前接续板廊，盖日本家屋为南洋系式样，故地基与房屋有尺余的距离，其下又称椽下或称缘下。

〔34〕把手给人系狗的一种玩艺，狗听见人命令，即将前爪举起，加在人家手里。

〔35〕三助本系澡堂里的伙计的名称，专管烧汤添水，及为客人擦背的事。

〔36〕木鳖子是一种热带植物，果实有毒，从前民间用以毒杀猫狗鸟雀。

〔37〕日本有俗语云"犬死"，谓白白的死掉，有如一只狗。

〔38〕折助为武士家中服役的小厮之称。

〔39〕原文云阿三，亦作阿馕，指厨房杂役的女人，用吴语译作"大姐"，稍为适切，因大抵系未出嫁的妇女。

〔40〕原文如此，因下文常使用，有保留原意的必要，故仍之。

〔41〕上方此处专指大阪，因大阪商人敏于利，故设词说犬皮性质特好，可以替代猫皮，用于三弦。

〔42〕日本信佛教，谓人死后成佛，这里的佛即是死者。

〔43〕立着要在大树的底下，系是俗语，言如求寄托，须去找伟大的人做庇荫。

〔44〕猎狗辛苦的获得野兽，但结果恰给猎鹰所获，犹中国说赤脚的赶鹿，穿靴的吃肉。

〔45〕御前乌鸦系冥土的乌鸦，云在关亡时掠夺供于死者的食物。

〔46〕不能倒流，言各事物皆有顺序，不能躐等而进。

〔47〕佛教净土宗相信人如归依阿弥陀佛，临死当有人来迎，生于净土，俗语以一切的死云往生，这里说年岁已老，可以准备死了。

〔48〕"草叶底下"，言死者睡在地下，犹言在九泉之下也。

〔49〕此处说神上升，仿佛是说前边所降的神，实在却是所招来的亡魂离开人身，故这里的神即是指狗的鬼。

〔50〕"成佛"等于往生，即是说死的好听话。

一九　谈论吃醋

这边是从浮世理发馆的小窗户里窥探的人们。

松公："现在的听见了吗？"

竹公："这简直是戏弄人。"

短八："那个老婆子是关了那狗来了。"

长六："所以觉得听不懂了。"

钱右卫门："这狗还好，可是先前所关的变助的先妻，那是很可怕的事情。"正在说着，一个叫作土龙的自以为很是懂事的人，从后门走了进来。

土龙："什么什么，什么事情可怕？"

钱右卫门："呀，土龙爷来了。什么，刚才关亡来的变助的先妻的死灵，很有点可怕呀。"

土龙："真怪呀。"

松公："连那巫婆的相貌，因为人家是什么样的想吧，也觉得变了可怕了。"

竹公："那是理所当然嘛。是死灵附在她身上了呀。"

短八："很说些怨恨的话哩。"

长六："还说是弄死他呢。"

短八："说弄死他也还不满足，可怕呀，可怕。"

钱右卫门："说要弄死他，这在先妻来说，正是当然的。那样没有情义的男人，弄死了给人家做报应看也是好的。"

竹公："老婆还是不要欺负的好。"

松公："所以我也是这个意思，对那罗刹¹要想加以温存的。"

钱右卫门："好漂亮的说话，好漂亮的说话。"

土龙："若是绣像说部的说法，应该是身毛耸然，说什么可怕也都是傻话，这样的写吧。"原来这个土龙喜欢看绣像说部，从借阅小说的地方借了来看。新出的书价贵，所以一直到后来再看。此人有一种脾气，喜欢用现行的说部的文章，来说一切的事情。

短八："那个共枕的人²这句话，是什么意思呢？"

钱右卫门："现在所说的，是指丈夫的事呀。女人叫她的丈夫是共枕的人，男人也叫妻子为共枕的人嘛。"

土龙："唔，那么，也就同我的丈夫我的妻子是同一道理了。"

竹公："像我这样没有共枕的人，是顶舒服的人。拿出三分二分的银子，乃至二铢一串³，立刻可以得到一个共枕的人，可是只有一夜的工夫，所以也不要怕先妻生气。"

松公："那么不要说一百文了，便是五十文，二十四文⁴也罢，已都可以得到共枕的人。"

竹公："别说瞎话。那些是一堆多少钱卖的共枕的人罢了。"

说着这话的时候，这家的内掌柜刚才收拾好了灶下，擦着两手。

短八："喊，这家里的共枕的大姐，怎么样？拿出十二文[5]来，你也去哭一场么？"

内掌柜："不呀，怪可怕的。"

长六："可是也总是个共枕的人嘛。"

短八："有藤哥儿这乌角巾长的那么大了，交情也不寻常了。"

内掌柜："别说了。好讨厌的话。一点都没有什么好玩。"

短八："喔，现在不说了。那么再会！"学巫婆的声口说话。

内掌柜："啊，好讨厌的声音。请你别说了吧。——那是怎么的，变助那里的先头的奈几姐[6]刚才是说些什么呀？"

松公："说是蘸了盐从头里咬了来吃。"[7]声音拉长了说。

内掌柜："诳话一大堆。"

竹公："的的确确说是要弄死他呢。"

内掌柜："弄死他吗？啊呀，气势好大呀。原来奈几姐妒忌太深一点儿，因为自己闹气，便得了心病了。变助本来也不能说好，可是那个孩子也吃醋吃得太过了。那个自然是男人的轻浮也是不好。变助有一点事情要出门去，不给拿换穿的衣服，少为迟一点回来，就抓住了吵架。有朋友来招引他，也不让一块儿出去，所以朋友们也觉得没有面子，都回避不来了。若是在外边过一夜再回来，那便更是了不得的风波，近地市房都惊动了，还要闹到媒人[8]那里。还把现有的家生什物随手乱丢乱扔，结局是说发了并没有的肝气，接连三天自暴自弃的躺着。真是的，没有什么办法的事情。因此变助心理不痛快，于是就换了现在的那后来的一位。为了那个孩子[9]的事情，也有过大闹。本来是那个孩子是寄

170

在别处的呀。”

土龙：“是养¹⁰在那里吗？”

内掌柜："什么，因为没有养的力量，所以给了相当的月费，寄放在那里的呀。这样说来，无论给哪一方面，掌扇¹¹都举不起来呀。这种地方倒不如像我这样的傻子倒好了。吃醋的事情试吃吃看吧，我们家里的人¹²就立即嘴巴打过来了。喊，现在同谁到什么地方去，把衣服拿出来。是¹³。拿外套出来。是。新的拿出来。是。请穿这个这个旧的吧，把新的且保留起来，若是说了这话那可了不得，大发脾气了！奇怪的是，男人这东西只要新的衣服做好了，就把旧的正眼也不一看了。无论什么事，总之只想穿那个了。此外便是回来的时候，叫做着汤豆腐，水汤饭¹⁴放着。还要鼻纸¹⁵，手巾，头巾，袜子，木屐都预备好了。是。请你愉快的出去¹⁶吧，差不多是这样说了送了出去的。"

竹公：“可是还要挨点骂吧？”

内掌柜："岂止挨点呢，因此若要搞吃醋的吃字，立刻就是梵天国¹⁷了。所以像我这种人就是死了，也没有弄死人的意思。这是我的所以无忧无虑。"

土龙：“在地狱里边，反要被丈夫的生魂所缠着吧。”

松公：“没有错。但是，这里恐怕没有情义吧？”

内掌柜：“这里还有问题。”

钱右卫门：“假如你有意思的话，我倒愿意商量。”

内掌柜：“钱右卫门大爷，又说你的笑话了。”

土龙：“吃醋的事的确是麻烦的事情。我虽然并没有被吃过醋这种经验。"

长六："也有男人故意的闹着玩，叫人给他吃醋的呢。"

短八："像戏剧演出来似的，很好玩的闹着吃醋，那么自己觉得是个小白脸，也很有趣吧。"

长六："要是像做戏那样子下去，那就诸事大吉了。"

土龙："凡是恋爱的事，要是女人方面迷恋了来时，那就很妙了。三十晚上讨账的来了，便立刻将戏台转了过去，装作旅行，什么都不知道，到了元旦又把戏台转了过来，那么巧妙的事情 [18] 呀。可是女人总是有妒忌心的。丈夫每夜走到情人那里去私会，便想念着作了这一首歌 [19] 道：

刮起风来，海面兴起白浪，

那个样子的山，

半夜里夫君独自的过去。

这样的做了，就是那丈夫也对于妻子的真心感觉惭愧了，改了过来。还有这样的事，在书上边记着。嗳，是什么呀。我能背诵下来。嗳哼。古时候，有一个男人 [20]，他对他的妻子感情差了，找到了新鲜的一个女人，交情着实不浅。可是他的妻子一点都不放在心上，也毫无怨恨的模样，过了好些日子，不觉已到秋天的长夜，睡不着觉，独自点灯听着外边，只微微听见鹿的叫声，乃低声作歌道：

我也是鹿吧 [21]，

叫起来恋慕着那人，

虽然我是无关的听那叫声。

那个男人听见了，觉得不胜可怜，便离开了现在那女人，对原来的妻子更没有二心，重新团圆过日子了。"

钱右卫门："难得你记得住呵。"

长六："土龙大爷记心真好呀。"

土龙被称赞了，非常高兴的样子："什么，这样的事算什么呢？我是把所有的说部都暗记熟了，所以连平常说话也都是那一套，实在是没有法子。"

钱右卫门："喊，请看吧。许多的人，都聚集拢来了。"

松公："呀呀，连那做小的[22]也都出来了。"

竹公："这要关什么呀？"

短八："关先头的那个老爷[23]吧。"

长六："活口，且是长辈，是这样的说吧。"

钱右卫门："似乎已经有三十七八岁了，还是长着眉毛[24]，女人虽说是好看，在应该剃去眉毛的时候还不剃去，那简直是残疾的人了。这乃是真话。可以说是妖怪的一类，不是同人间打交道的了。"

土龙："但是，美是美呀。浑身风骚，就在这地方迷人的把戏吧。"

竹公："是很坏的把戏呀。"

土龙："沉鱼落雁，闭月羞花，这样的来了。"

松公："什么落雁[25]？有炒米团那么的大麻点，可是上面搽灰很费了工数，所以看不见了。"

长六："这样花了做工的时间，假如是包工的话，头儿就非

出奔 [26] 不可了。"

土龙："的确是极彩色 [27]。假如着色印刷，十足要花二十遍工夫吧。可是头虽是好，身体却刻坏了。"这些都是刻工印工的话，只有内行人能懂，这里一点都没有效力。"打扮倒也很好，可是也看得出昨晚深更闹夜的那把戏。"

短八："别致的把戏哪。"

土龙："若是每月给我三两，那么就给她照料吧。"

竹公："这个把戏吗？"土龙在说话的末了，有一种什么"把戏"的口头禅，所以旁人故意的说了戏弄他。

钱右卫门："在这里难得看见那个女人的哭脸哩。"

松公："眼泪停留在脸上的小皱纹里，结成了冰柱。"

长六："可是美女是哭脸也是可爱的呢。"

短八："那是在净琉璃的文句里也是有的呀，雨下湿了的海棠花，嗳，怎么说的呀，这不是唱起来这句话便出不来。"

竹公："后边是不知道！"

松公："这个把戏吗？"

钱右卫门："喊喊，那个老婆子为了狗的事，把眼睛都哭肿了。那倒是很不错哪。"

土龙："眼泪落地，啊啊的悲叹着，一面把念珠沙沙的抖着，用重浊的声音念着阿弥陀佛，阿弥陀佛，悲哀的形状目不忍睹。此时嚣嚣的声音，从外边进来的，是什么样的人呢，只见身穿柿色的破衣，——喊，看呀 [28]。那酒店里的徒弟，不晓得从哪里拉着一只风筝来，这里窥探来了。"

竹公："呀，这一回是甚太家里老头儿了。"

松公："是神隐吧。这可是很有趣了。"

长六："这里是顶好听的地方了。"

钱右卫门："那老头儿原来是大阪地方长大的，给义太夫[29]弹三弦，或是搞木头人戏，在乡间走着演戏的。"

短八："因为如此，所以很知道些木头人戏班里所常用的隐语哩。"

钱右卫门："所谓森婆的东西吧？"

土龙："这也叫作山所。"

【注解】

〔1〕罗刹原文云"山神"，据说出典系在相传空海所作的《伊吕波歌》，罗列五十假名为长歌，其中"奥山"之句，世俗称妻为奥方或奥样，故作为隐语曰山之神。此语常用于惧内者，隐藏讽射，今改译为罗刹。

〔2〕见二编卷上一八节注〔40〕，167页。

〔3〕银一两为四分，一分为四铢。吉原妓女最上等的价值为三分，次中等的价值为二分，品川妓女价值为二铢，深川一带价值为一串，即四百文。

〔4〕一百文以下为私娼的代价，一种乘船卖淫的名"船馒头"，上等者代价一百文，下等五十文，二十四文为"夜鹰"的代价。

〔5〕见二编卷上一八节注〔13〕，164页。

〔6〕奈几为变助的先妻的名字，意云哭泣，实际上无此种名字，此乃应其身份而假造的，如二一节延公的妻名为阿浮，亦是同样的例。

〔7〕此系给儿童讲故事，说怪物吃人时语，蘸了盐从头来吃，乃是比作鱼来说，很有滑稽意味。

〔8〕日本很看重媒人，遇有吵架事情，辄请其到来调处，颇有权威，其职业的媒人乃是介绍业的一种，自属例外。

〔9〕"那个孩子"此处系指变助的先妻，但在下文又是指变助的后妻了。普通妓家鸨母常谓所属艺妓娼妓为那个孩子。

〔10〕原文意云"圈养"，专指为人作外宅的女人，养在外边，每月得男人的若干津贴，谓之妾宅。

〔11〕日本旧时摔跤称"角力"，有"行司"衣冠执掌扇，唱说判其胜负，这里即是说叫人不能说出孰是孰非。

〔12〕即是说自己的丈夫，这里写出日本封建家庭的一面。

〔13〕日本答应的话最恭谨的一种，中国古语可译作"唯"，在俗语中只有北京的"喳"，但此词旧时只通行于"听差"社会，恐此后也将绝迹了。

〔14〕酒醉回来，宜吃汤泡饭及汤豆腐之类的清淡的东西，故吩咐家人预先置办。

〔15〕鼻纸谓拭鼻涕的纸，多极细薄，平常外出的时候，常以一叠置怀袖之，或可译 "手纸"，但纸质实不相同。

〔16〕普通送迎的话，于家主出外时用之，此种封建习俗，

今亦尚有存留。

〔17〕"梵天国"为净琉璃之篇名，在江户时代常用于庆祝，及此曲演了则一切结束矣，故后来用作至此为止的意思。此处言如有吃醋情事，便一切完了，就是要被赶了出来了。

〔18〕此以戏剧转台，喻女人迷恋时转变态度的巧妙。

〔19〕这一首歌见于《大和物语》第一四四段，此系一种歌话，即以歌为主而连带的说其故事，故其书名如具说当为《大和歌物语》，与《伊势物语》为同一种类，唯著作年代则略在后，据考订当为十二世纪末年。

〔20〕这一件故事亦见于《大和物语》第一五三段。

〔21〕鹿鸣求偶，这里却活用了，作为雌鹿叫了为的思念丈夫。

〔22〕原文云"阿围"，即指外宅，见本节注〔10〕。

〔23〕指以前出钱的主人，盖言今已断绝了。

〔24〕日本在明治维新以前，妇女在出嫁后必须剃去眉毛，且将牙齿染黑以示区别，不如此者将被视作异物，如这里所表示。外宅不是正式的婚姻，故装饰不改。

〔25〕落雁系一种点心，乃古来粗粆的遗制，炒豆麦为粉，加饴糖入模型捣为各种形状，其初因加入黑芝麻，取其形似故名落雁。炒米团原文作岩粗粆，谓其坚固有如岩石，系粗粆之粗制者。

〔26〕搭灰很费工数，如在包工，则承包的工匠头儿便有赔累之虞，势非逃亡不可了。

〔27〕"极彩色"指板画①中颜色艳丽，须用多次套板印刷着。以下均是关于印刷板画的专门话，所以一般的人听了没有兴趣。

〔28〕土龙顺口开河的模仿说部的胡诌下来，糊里糊涂的入了神还只顾念，直到看见外边徒弟走下，乃始明白过来。

〔29〕净琉璃为日本民间一种音曲，在十七世纪末由竹本义太夫集各派的大成，以后遂以义太夫为净琉璃的代称。义太夫由一人说唱，一人弹三弦伴奏，别无他种音乐。

---

① 板画，今写作版画。

二〇　巫婆关亡之二

甚太家的媳妇一面供上凉水说道："这是前月三十日的事了。"

巫婆："嗳嗳，是活口吗，是死口呢？"

媳妇："是活口吧。因为是遇了神隐了，死活都不知道。叫人算卜来看，说还是活着呢。"

巫婆："嗳，嗳。是晚辈吗？"

媳妇："是长辈哩。"

巫婆："嗳。"弹着弓弦说起来。

关亡："回来了呀，回来了呀。被梓弓催促着，粗干子的三弦[1]的弦索，给招了来了。一杯凉水的供应，虽不是出场时茶盅[2]，也觉得高兴。我不在草叶底下[3]蹲着，可是在杉树阴儿底下非常的感觉高兴哩！"

浮世理发馆里看着的人们。

竹公："这是很有点可怕的。连巫婆的话也变成大阪话了。"

松公："而且弹三弦的事情也立刻说出来了，所以很是奇怪的。"

长六："他说不是在草叶底下蹲着嘛。"

土龙："说是在杉树阴儿底下，那么神隐是的实无疑的了。"

短八："是高鼻子老爷[4]的事情嘛。是不好大意的。"

竹公："高鼻子那可是荒神[5]哪。"

松公："看见你的时候，只见松树耸立[6]，……"

土龙："巫婆立刻就变成丰后调[7]了。"

钱右卫门："是不好大意的。"

长六："喔，肃静肃静！"[8]

短八："别说废话了。"

竹公："这个把戏吗？"

松公："嗳嗳唷！"

竹公："咿呀喊！"

土龙："啊呀完了，凡愚的人，凡愚的人们呀！别在很能干的说玩笑了[9]。停住了，停住了！"

巫婆关亡："前月三十日的事情，我同了朋友[10]三个人，到酒店里去了。这一天因为有钱，所以喝了许多酒，觉得非常的愉快，一直到太阳下去了的时候还喝着。后来朋友弄来了一只船，玩窰姐儿去了，我因为是老头子一类了，所以没有去。此后我就回来，回到家里之后，又想吃饭了，于是就拿早上吃剩的豆板酱汤，和腌菜与辣茄，当作了菜，吃了四五碗。这之后是，女儿叫我换了衣裳吧，很麻烦的说我也不管，连带子也仍旧，便伸了两脚睡下了。等到酒醒的时候，张开眼来，要想拉屎了，走出到门口，小便很急，便在那小沟沙沙的撒了。这时举起眼睛看时，只见有个武士带着伴当站着，是个满头留起头发[11]的男子，拉住了我的手，说这边来吧，就带了我走了。这以后就走到了一个非常美妙的地方。看那地方的男人，都是鼻子很大的和尚老爷，尖嘴的男子，没有女人，也不见小孩，也不见有像下女样子的人。因此我们就在那里，当作下女下男替代了劳动。昨天因了差使出去，在京都的爱宕山吃了早饭，往筑紫的英彦山[12]打来回，到二荒山转了一圈子，在午前回了来，说是迟了，很被搀了一顿。饭菜虽都是素食，但每天给喝热烫的热铁[13]三顿，所以没有什么不满足的事。没有拿钱出来可买的东西，所以没处借钱，也不要什么房租的费用，因此也不必怕见房东的恶脸。共枕的人因为在前年死去了，所以没有撇下她做寡妇的忧虑，留下的乌角巾也给配了你这共枕的人，更没有什么焦心的事。这上边若是还有纳妾的事情，那是各人自己所应当管的，于我是不相干的了。现在是比弹着三弦，或是弄着木头人，在乡下走着，实在要好得多了。找那些偷钱的，骗钱的坏种，抓了飞去，还有左性子的老太婆撕开了，挂在树桠权上，煞是有趣的事。乌角巾也叫他安心吧，你便这样的告诉他。你也不要哭，却替我喜欢得到这个结果吧。高兴呀，高兴呀。这真是可感谢的事。我现在的情形正如信浓的人，来冬天做工[14]住在江户的样子，当初言语不通，不知道东南西北，后来住惯了，深山幽谷，一跨步便到。到现今，无论什么样的山岭的上边，云霞的中间，都同大路一样，挥着两手大踏步的走。人间界真是污秽呀。伽西古拉诺智利久知久斯[15]。月有，德虎[16]，二七的厄日，债主的声音多讨厌呀！虽然有着怨

鬼 [17]，却没有还报的机会。因为一直被穷鬼的柿漆团扇 [18] 所扇着的缘故吧，如今是羽毛团扇的山风 [19]。想起来时，更觉得羽毛是怨家 [20] 的云的中间呀。可是真是可以喜欢呀。因为是父呀子呀的关系，难为你供了一杯清水呀！高兴呀，高兴呀，高兴呀。在杉树的阴里守护着你们，但望别再叫我吧。好像是对游荡儿子去的那茶馆 [21] 说的话，下回不要来招了吧。若来招时，对于两方面都没有好处。这是出世的妨碍，不净的污秽 [22]。留恋虽然是没有了期，但是再见了。"说到这里，神就上升了。

【注解】

〔1〕粗干子的三弦系义太夫所用，这里本别无关系，只因所关活口原系弹三弦的人，故因了上文弓弦而顺便引出，表示关联之意。

〔2〕义太夫出场的时候，实际上虽未必有茶盅的供应，但这里为的暗示说话的人的身份，所以这样说罢了。

〔3〕"草叶底下"意言人死，见二编卷上一八节注〔48〕（167页），这里就是说他并没有死，却是遇了神隐，所以是在杉树阴儿底下，盖俗信"天狗"的住处乃是在深山的杉树上边。

〔4〕日本民间俗信有"天狗"，一种怪物，形体如人而有翼能飞翔自在，面赤鼻高数寸，手执羽毛扇，能降祸福于人，故民间甚敬畏之。其来源不可考，与中国天狗不相涉，或当来自印

度欤。

〔5〕荒神见初编卷上二节注〔28〕，20页。但这里只作乱暴的神讲，人们轻易触犯他不得。

〔6〕这只因天狗在树林中的联想，引出净琉璃的歌词。

〔7〕净琉璃的一派，出于宫古路丰后掾故名丰后调，其后又派生常盘津，清元及新内各调。

〔8〕这里重复的说，本是谨慎的言语，却意在揶揄，变作玩笑的口气了。

〔9〕土龙说的全用说书的口吻，这里只能述其大意。

〔10〕此后有许多话全用艺人的隐语，但作者亦一一旁训注明，今只照本来意思译出，不能加以区别。

〔11〕日本男子虽结髻而剃去顶发，唯神道家则否，今天狗亦满留头发，不作时装。

〔12〕英彦山在今九州，大分县及福冈县分界处，为"修验道"的中心地。修验道属于佛教密宗，专从事焚烧"护摩"，祈祷念咒，伏处山野作种种苦行难行，获得神通，因此又颇近于中国的道教了。中国密宗因曾遭禁止，故此宗派在民间遂不传，日本则空海以后颇见发达，修验者称为"山伏"，今尚有之。

〔13〕酒有喜欢喝热烫的，今仿其语，谓天狗喝热铁当酒。

〔14〕信浓在江户近旁，每逢冬天农闲的时候，信浓人相率来江户谋工作，相传最善于吃饭，为川柳笑话中好材料。

〔15〕这里作者有旁注云："此盖是天狗道的语言，语意待考。"

〔16〕"月有德虎"，原文如此，系工人社会的隐语，"月有"

的反面则为"日无",可转借解作每天付给的印子钱,"德虎"的反面则为"损龙",可转借解作赁钱,谓出钱赁赁东西。

〔17〕怨鬼系剧场的隐语,谓所负的债,如怨鬼的缠绕。

〔18〕纸糊团扇上涂柿漆,人家用于灶下,用以扇火炉者,穷人别无团扇,故亦用以招风。

〔19〕羽毛团扇为天狗所持,山风者剧场遇怪物出场,急擂鼓作风声,此处则言以昔时因缘,故今乃为天狗所殴打,羽毛团扇的山风者比喻之词。

〔20〕俗语云"金钱是怨家",今转化为"羽毛是怨家",取其 kane 与 hane 二字叠韵。

〔21〕茶馆照字面直译,与平常吃茶店不同,亦与初编卷下一七节注〔5〕(149页)有异,此系附属于妓院,专为游客办理拉纤事务者。

〔22〕这里便是说对于两方面的害处,前者是人间世的妨碍不能发迹,后者则是对于天上犯了不净的污秽。

二一 女人的笑话

松公：“那么的确是高鼻老爷了。”

竹公：“呀呀，可怕呀，可怕呀。”

长六：“那个老头儿平常用那森婆是口头禅，连关亡里也用着森婆哪。那是活口，因为口还是活着，所以是那样的吧。”

短八：“喂，这之后把那窑姐儿的画和金时的画缚在一块儿，再来关亡吧。”

钱右卫门：“什么，不做了吧。”

短八：“为什么？”

钱右卫门：“前编里这样的写着，但是关亡的事情多了，恐怕看官们要厌吧。”

松公：“那倒也是的。喊，且来抽一袋烟吧。”

竹公：“呵，来抽头一袋呀。”

长六：“好吧。”

土龙：“嗳，内掌柜，吵闹得很。”

内掌柜：“咦，拿看台钱来吧。”

短八：“三十五钱银子[1]吧？”

土龙："这是正价呀。"正价乃是戏院里的通用言语，包厢三十五钱，散座二十五钱，称作正价。

松公："唉唉，站的非常的疲倦了。"

竹公："你老说非常的这一句话呀。"

长六："是非常龟[2]的分号嘛。"

竹公："不是分号，是看人学样的吧？"

钱右卫门："没有错儿。"这时说着话，大家一齐来到理发馆的店面。

鬓五郎："怎么样，听到了吧？喂，土龙大爷，听关亡还是初次吧。"

土龙："是的，没有什么好玩。那个老头儿，给天狗抓了去之后，做些什么事呢，有点不大了解。毕竟后事如何，且听下回分解。"[3]

松公："去给天狗老爷当相公吧。"

钱右卫门："没有行经的老爷子倒是很清净的吧。"

土龙："童颜鹤发的男色，为云为风，交情不浅嘛。"

松公："这个把戏吗。"

土龙："这些真有点儿讨厌了。千万别再这样。总之足下们说出别致的话来，实在牵扯得没有意思。花下曝裈[4]。喏，就是花底下晒裤衩嘛。妓筵说俗事，在窑姐儿的席面上，说什么米贱了，柴贵了这些事情，都是很煞风景的。稍为谨慎一点儿好。"

竹公："这个把戏吗。"

土龙："这是怎么的？喊喊，什么走过了。横胡同的小姐[5]走了过去了。"

186

鬓五郎："唔，好吧。说是小姐，可是难得了。"

钱右卫门："已经显得那么老练了，却还想装出有稚气似的，恐怕再也没有了吧。"

竹公："小腹里已经毛也没有[6]了，还这么想叫人看得有稚气。"

长六："年纪已差不多有四十左右了吧。"

短八："近来又胖了起来，身段更是不好看了。"

土龙："那个女人说了很妙的话。有一天晚上走去谈天，末了有两三个人一齐要回来，那个女人拿了烛台送到门口。这时下女摆正客人的木屐[7]，可是一个同去的人的草履却是不见了。问客人你所穿的是什么样子的，答说噯，说来见笑，我的乃是冷饭草履[8]。那个女人就说，阿初呀，金兵卫大爷的是御冷饭草履[9]呀。各人听见，都禁不住要笑起来了。"

钱右卫门："哈哈哈，这御冷饭草履是杰作了。"

鬓五郎："总之是想说上等话的关系。还有自己知道得很清楚的事情，也要做出不懂似的来问话。诸事显得有稚气似的，俗语里叫作吉原话呢。"

钱右卫门："还有好笑的事情呢。有一天晚上，开一个抓钱会[10]，走去找他同去，老婆在烘着火炉吃大福饼哩。于是延公说，阿浮呀，在那板箱子里把银子取出来吧。说要拿出多少来呢？那丈夫也是丈夫，说给我二铢银十一个吧。这样这十一个也是可笑，总之拿了出来了。哎呀哎呀，余下的已经没有什么钱了，算算看吧。算了之后，小姐乃说道，老爷，余下只剩了七两四分二铢了。这个情形，叫人不能听下去。"

鬓五郎："一回一回摇着头，带着娇气的说话，样子很是讨厌。不但如此，小姐还有这样的事。在那里的阿初说，大奶奶，救火钟响了，立刻吵了起来，小姐却是十分镇静，说道：阿初呀，好好的听着，远的是失火，近的是失慎[11]呵。"

短八："这也是杰作。"

土龙："延公从宅门子[12]回来，把下裳[13]乱脱在那里，便叫阿初呀，把那下裳且叠起袖子[14]来吧，那也是可笑的事情。"

钱右卫门："那个老头儿掖衣裾[15]也是好的。"

长六："是什么呀？"

钱右卫门："嗳，是什么嘛。那里的小厮吹着火盆里的火，一面老是两脚打着哆嗦[16]，说喊，止住吧，我是很讨厌那个的。可是小厮不懂得什么，便问止住什么呢？什么止住吗，是那老头儿掖衣裾呀。一座听笑倒了。"

土龙："倌人[17]做事一切都显得很稚气，所以了不得。不，说到倌人，在某处的新造[18]说的话很是好玩呢。各处都禁止登楼[19]的客人到那家来玩，却又因了什么事闹僵了，禁止了登楼，那个新造听见了说，你人缘也好，手笔也松，可是不知为什么与楼梯没有缘分。"

大家皆笑："哈哈哈。"

钱右卫门："那曲中[20]的事情，都是有稚气的，就以此作为收场。在我们后面住着的那年限已满的倌人，现在经客人照应着[21]的，因为不能裁缝，所以整月的雇用着一个女缝工。有一天同那女工争论，两边愈说愈僵，女缝工也生了气，便说无论怎样

188

能够伶俐说话，却连衣服的一件也缝不来吧，这样被狠狠的说了一顿。那女人也着实的气愤，无论怎么样想缝一回给她看，晚快边同着街坊的妇女说话，请你听一听吧，白天里那女工这样这样的说，所以气的什么似的，悔恨的了不得，明天决心无论怎么要十点钟²²起来，动手来缝。这话说得怎样？"

大家皆笑："哈哈哈。"

【注解】

〔1〕日本古时一种计重量的单位，称曰文目（monme），等于开元钱一文的重量，其后转为币制，计银一两等于六十文目，今姑译作钱，虽然实际只是二十一钱。

〔2〕见初编卷上第五节。

〔3〕这里故意模仿中国的说部口气，原本亦是汉文。

〔4〕此句出李义山《杂纂》，见"煞风景"项下，据《说郛》刻本此项只有十二则，其中却没有"妓筵说俗事"一句，查《杂纂》以后续辑凡六种，亦均不见。

〔5〕此系一种诨名，"小姐"原文云"姬"，乃是贵族的尊称，与普通的小姐又有别。

〔6〕狐狸的年老成精的，腹毛皆蜕光，用以相比。

〔7〕客人欲归时，照例由其家下女为整理所着屐履，俾客人下来即可穿着。

〔8〕冷饭草履乃是一种粗糙的草履,系用稻草及竹皮所制。草履与草鞋很有不同,草鞋与中国的相似,草履则类似木屐,但鞋底乃用草编织而不是用木头的。

〔9〕日本习惯使用敬语,如谓冷饭即曰御冷饭,但冷饭草履乃一混成的名词,故加说御冷饭乃成为笑柄了。

〔10〕抓钱会或简称曰"会",每月出钱若干,第一月由主会者收用,以后每月抽签(或预先规定次序)收受。再出利钱补足,以至满期,日本称曰"无尽"。

〔11〕日本语谓小火未成灾者称为 boya,这里因此误会谓火灾有远近之分。救火钟遇火灾甚近则用连敲,余则以缓急表示距离远近。

〔12〕延公盖是给人家管事,故每日从宅门子下班。

〔13〕和服中下裳日本称曰"袴",状似裙而下略分歧,却不像袴腿那么长,故称作袴亦似不大合适。

〔14〕日本衣服脱下,略将两袖一齐,稍为折叠,称为"袖叠",但下裳则因为没有袖子,所以用这个名称是可笑的了。

〔15〕日本人有时因所着和服妨碍行动时,将后面衣裾提上,掖在腰带内,名"老头儿掖衣裾",因为老人衣长行走不便,故常如此,少壮男子及女人均不然。

〔16〕有人习惯于无事时颤抖其两脚,日本俗名为"贫穷摇",人多忌讳,谓要使人贫穷。"老头儿掖衣裾",原语为"jinjin-bashori","贫穷摇"为 binbo-yusuri,语感颇相近似。因以致误,虽属可笑,尚属天真烂熳。

〔17〕原语云 oiran，系由"我"字转变而成，普通以称妓女，别无轻蔑之意，今故译为倌人，窑姐儿一语则用以译"女郎"。

〔18〕"新造"原意新造的船只，转以指年轻的女人，可译作媳妇。这里用在妓院，乃是指年轻的妓女，参看初编卷中一一节注〔13〕，102页。

〔19〕吉原妓院有种种规则，如有客人违反该项规则者，便禁止"登楼"，因妓女住于楼上，故登楼即为宿娼的别名。

〔20〕曲中见本编序注〔8〕（158页），犹俗言窑子里的事情。

〔21〕妓女年期已满之后，由熟客照应，供给每月费用，作为外宅。

〔22〕妓院迟起，早上十点起来已为极早，原文云四时，系按江户时刻计算。

二二　钱右卫门谈失败

　　钱右卫门："这很有点像落语[1]了。可是可以做成落语的实在的事情，确实多有。这并不是别人的事。在我还是壮年的时候，也用过十六文钱，二十四文钱，同了游荡的朋友干过很别致的事情。一年六月里，坐了船出去，凑巧这是过于凉快的一天。到了晚快边，差不多冷得要发抖了，绉麻布的单衣实在穿不住，各人换穿夹衣，或者用两件单衣罩着，我就没有这个预备。只能穿着那件绉布紧缩着，虽然有件罗的外衣也顶不得事。好容易到濠沟[2]边旁，这才上了岸。于是走进大门，到了相识的茶店，茶店里的儿子穿着大阔条的浴衣，扇着纸团扇，说请进来，近来怎么样？好久没有光降了。答说你是怎么样呢，天气很冷。我自己觉得，这些是可以成落语的。不，还有可笑的事情哩。是我二十一二岁的时候，因为放荡被家里赶了出来，寄住在伯父那里。呵，无论怎样，很想出来的不得了，一天晚上偷偷的苦心弄到一分银子，这时荷包之类的东西全给没收了，不在手头，把一分银子吊在裤衩带子上也觉得是可笑。没有办法，只好这银子装在腰刀的空鞘子里，然后将刀身插入，总算安排好了。插上腰刀之后，样子觉得很漂亮了，看去全不像是一分银子的客人。"

土龙："以俗物八人换通人一个[3]，看去是那个样子吧。"

钱右卫门："那么是南镣一片的老爷哪。哈哈哈。当然是，茶店也三年间堵断了路，这方面是一句话都没得说，没有办法只好当作新客，到不相识的一家妓院去。于是小伙子出来，照例是腰间所插的东西，检点一番，说这是鞘外不带小刀的呀，就给递了过去，吧哒吧哒的跑上了楼。呵，酒拿出来了，也就喝了，可怜的是，这时候本应该招妓院里的艺妓来闹一场的。现在只是这形式，也敷衍过去了，场面来收拾一下。好像是不得人意的拱背牛[4]似的在被窝上坐着抽烟，小伙子进来了，说可冷静吧，便爬在席上说，请付给公费[5]吧。咦，可是没有腰刀。在这以前完全忘记了，在这个时候才记了起来。但是不知道说什么好，所以非常觉得狼狈。什么，小伙子，刚才寄存的那把腰刀，请你暂时拿到这里来，立刻就还你。这样的说了，小伙子回答道，不，腰刀是不兴拿上楼来的。不是呀，在这里只要看一看就好了，有点事情非看不可，所以只要暂时借用一下。愈说愈弄得可疑，觉得很可怪的客人了，这也并不是没有道理的。不，无论怎样说法，腰刀是不能拿到楼上来的。什么呀，在这里看一看就好，立刻交给你了。在种种争论的时期，那鸨母走来了，说你为什么又要在这里想看一看呢？假如你想看的话，请下楼去，在楼下去看好了。这你是什么意思呢，想到什么事了呢？议论没个了期，在我也是拼出了，把这件事的始末从实说了出来，鸨母和小伙子都听了大笑起来。于是把腰刀取来，煞的一下插出刀来，乃是赤井锈光[6]

的好刀，我说那么请看吧，把刀鞘咣当咣当的摇了起来，一分银子就跳了出来。呀，笑呀，什么呀，到了现在我这才讲的呵。又是可羞，又是可笑，实在是满脸通红了。自此以后，同那一家弄得很熟了，便时常去玩。后来父母那里也许可我回去，这之间变成老相好了，就背了进来的，便是现在的老婆嘛。这世间，你看是多么有趣的世间呀。姻缘的绳在哪里牵着，这简直没有法子知道。但是，对于倾城[7]总不可以迷住了。土龙大爷也似乎是多有桃花运，那个也要玩的不可迷住。我这是听老婆说的话，有一个倌人切下了小指[8]送人，可是那个客人大为入迷了，就商量要替她赎身。同伴的倌人们听见了这个消息，说那个什么姐，这回的手指头却是切中[9]了！"

　　大家皆笑："哈哈哈。"

【注解】

　　〔1〕落语即笑话，因每个故事于着落处说出，故名，后来乃转变为单口相声，仍名落语。

　　〔2〕由水路往吉原者在柳桥登舟，沿隅田川以至山谷崛，即此里所说的濠沟。

　　〔3〕南镣见初编卷中一一节注〔8〕（102页），每片上边有汉文铸着，文曰"以南镣八片换小判一两"，这里便模仿上面的文句，说游戏话。

〔4〕拱背牛指石刻或铜铸的牛，伏着拱其背，似专供人抚弄似的，原文云"抚牛"，今用意译。

〔5〕日本不论公私贵贱，皆是奉公，所以这里妓院里的账目亦云公费，直译或可云勤务费。

〔6〕意言一把赤花斑驳的锈刀，故意这样说好像是名家制作的宝刀，赤井锈光乃拟作刀上镌刻署名的姓名。

〔7〕见本编序注〔10〕，158页。

〔8〕妓女为表示衷情起见，为客人炙臂剪发，或切取手指为赠，若更进一步则为以一死表示"心中"，即所谓"心中死"也，俗仍简称心中。

〔9〕妓女因切了小指送人，客人迷住了，故称之曰"切中"，犹云彩票打中了。

二编卷下

涅槃之乐不如饮一杯淡酒。

二三　马阴的失败

土龙："话说[1]，昨天亲眼看见奇奇怪怪的事情，呀，说起来是上好新闻，恐怕谁都愿意听的。这是怎么样的人呢？此人乃是街坊新开路的人氏，姓虚田，名万八[2]，字叫作什么呢，诨名蹦跳的东西[3]，俳名称为马阴。"

竹公："嗳，什么呀，是那个俨乎其然的家伙，戴着现今时髦的丝绵头巾，有那尖利的声音的人吗？"

土龙：正是正是。看招牌是个风流俊雅的才子，讲起话来口若悬河，初看的人便被吓住了，很是出惊。可是进到后台去一看，却是一点都没有的汉子。那诗人牛阴囊[4]说得好，他说马阴是荷兰字的草书[5]。这是因为草书字是骨碌骨碌骨碌卷上几卷，往右边的笔尖忽的向上一跳。懂了么，这意思是如卖药的招牌上所写的样子，看去叫人觉得十分阔气，必定别有道理，世上人不了解，便被吓住了，这种字体称作蹦跳的东西，虽然比方得有点迂远，但是诗人所拟的，倒最是的确。自此以后，马阴的诨名不再是'蹦跳的东西'，却说是'红毛字母'了。闲话休提。且说昨天酒乐和尚同了那个汉子和我三个人，去访冈山鸟[6]的山斋。山鸟是个很能喝酒的人，极为有趣的男子。先是寒暄过去了，随后就是照例的大喝其酒。这且不在话下，却说那时从后门退了出来的时候，和尚已经大醉了，用了重浊的声音，高声唱着俗歌，有时发出大声，哈哈大笑，又独立叽哩咕噜的说着话，跟跟跄跄的向前走着。这里话分两头。且说有一个窈窕的少女在这里，诨名叫作阿白。为什么叫作白的呢？这是因为红粉妆成，大费工作，所以如此称呼的嘛。很别致吧。噉，请诸位原谅这个。我每逢讲话到了要紧的地方，便有我所喜欢的说部的调子出来了。这乃是我的一种脾气，务请原谅。——那个闺女是在从与太郎町出到片侧町的路上，走过半町多[7]的路，右边是浪人[8]或是医生的住家，黑的突出的格子门就是。"

鬓五郎："唔唔，知道了。那个闺女是有名的。"

松公："唔，那个吗？"

土龙："就是，像是挂在柱子上的仕女画[9]里的身段，从格子门露出着半身的。"

竹公："是在物色[10]过往的男人的闺女呀。"

长六："无论什么时候总是穿着很漂亮的衣裳。"

短八："是的，那金毛织[11]的腰带是她最得意的东西。"

长六："这倒是知道得很清楚。"

钱右卫门："可不是白面金毛九尾[12]的闺女吗？"

松公："未必不骗过许多男人吧。"

土龙："那个马阴本来虽是很好色的汉子，可是在花柳界没有缘分，窑姐儿常以后背相向[13]，所以逛窑子是不喜欢，却是专搞住家人。"

长云："那么是收买破烂的 [14] 么？"

土龙："那简直可以叫作收买死人货 [15] 的客人了。总之自夸自负，可以说是由这人开始的样子，平常顶爱装门面，卷缩着的头发一根根的摆列着，拔胡须的镊子一刻不离手头，午睡醒来的时候也刷牙齿，用两个手指从前额起顺着鼻子摸下，是他一定的手势。随后用那只手，把领口合拢一下，再将前衿一拉，咚的拂拭一下膝盖，四方的坐着。此时将两只手顺着外套 [16] 反折的地方，理了一理，然后左右分开，可是这个——，于是说出开场白来。不，真有这可笑的事。就是在板壁映出来的影子，也偷眼看着，整理着衣衿 [17] 哩。回过头来看脚后跟，试看后姿的影子，再来抓头发，摸屁股，简直麻烦的没有办法。"

短八："可是，那个闺女怎么样了呢？"

土龙："这暂且按下不提。那个闺女是不论谁走过，都在那里的，他却并不知道，且听他的说话吧。——总之当小白脸是很麻烦的事。她想定我走过的时刻，一定伸出头来。那个家伙是一定对我有意思 [18] 吧。于是每天就去候着 [19] 她。"

钱右卫门："这是闹着玩的吧？"

土龙："什么，这在本人是诚心的，所以很可笑呀。什么，关于女人的事，都是杨枝隐身法 [20] 吧。"

竹公："没有什么事也去走么？"

短八："吊膀子的也够辛苦啊。"

长六："可是总是吊不上。"

松公："候着候着的人，结局是都被候倒了霉。"

钱右卫门："这是什么意思呢？只要拿出钱去，就本来可以随所喜欢买到了女人的。"

鬃五郎："大概是由于好事吧。"

土龙："不，你别这样说。在这里是色与恋的差别所在呀。窑姐儿的方面是女色，住家人的是恋爱。色与恋虽然是说作一起，但实际色与恋乃是菖蒲花和燕子花呀。"

松公："我们这么份儿的色与恋，乃是乌贼与鱿鱼吧。"

竹公："乡下佬的色与恋之分，乃是长南瓜与圆南瓜的差别么。"

长六："喊喊，这样说下去故事要中断了。"

短八："可是那副丑脸也来讲什么恋爱，也是讨厌呀。"

长六："恋爱不是单凭脸去讲，那是靠意气相投的。"

土龙："却说，刚才所说这三个回来的时候，说大家赏光一路同走吧。我也想一看那里的光景，所以便把和尚硬拉了来，故意在那里走过。讲到这里，可笑的事情来了。马阴本来像是盆景里的富士山[21]的样子，漆黑的圆脸只有鼻子特别的大，个子很低穿着三尺几寸的小裁的衣服。同他正相反的是酒乐，乃是五尺以上的伟大法师。行吗？若是并排走着，马阴的脖颈刚才到和尚的腰边。于是三个人排着走去，照例那个闺女站在门口，这边一眼瞥见，马阴便说，让我转到那闺女这一边去吧，特地走过沟边，到格子前面去。这时和尚因为刚才的忙碌，已经引起十二分的醉意，似乎有点恶心，乃哇的大喝一声，马阴闻声惊骇，狼狈回顾的当儿，突然把吃的东西吐了出来，那个子矮的马阴从脖颈到两边肩头，前后都是，滴滴答答的淋了一身，呵的一声将身退后，想要避开，因为是在沟边，马阴便落到阴沟里去了。"

鬓五郎："呀，这不得了。哈哈哈。"

土龙："这沟虽然不深，可是因为个子不高，刚到这里。"用手放在乳旁作比。"呀，这时说不上什么摆架子，摆棒子了！我们两人吃了一大惊，一时站着发呆，往来的人逐渐聚集拢来了。因为这样很是不成样子，要拉他上来，却因为沉重而拉不起来。这边因为怕脏，闪开身子，只抓住两手，更加拉不上，和尚觉得抱歉，一面摇摇摆摆的站不住，却还要来帮忙。说不，回头你又落到里边，请你不要管好了，却乘了醉愈是固执，更不肯听，好容易才由两个人把他拉是拉起来了，可是没法子收拾。马阴脸色铁青，从脖颈到胸前全是呕吐的东西，从乳下到两脚全是烂泥，站在那里，此时寒风射肤，全身又为水所浸，嘎嗒嘎嗒的颤抖，狼狈又加为难，一句话都说不出来。因为杂人太是聚集的多了，看街的人拿着棒²²走来，便趁势带了走到相隔有半町远的官厅去，躲在没有人看见的地方，脱去衣服，给他照料，但见袖子里边漆黑的水从袖口冒出来，博多带²³上挂上些红的筋斗虫，金花的皮搭连^①上缠了些蚯蚓，好像是丝绦的样子，真是不得了。"

竹公："喊喊，刚才说话的里边，红的筋斗虫不是冬天所有的吧？"

---

① 搭连，今作褡裢。

土龙:"怎么样会有了的。先就添在上边吧。这之后就给揩脸,打扫脖子,那里是葱烧鸭子里的葱呀,杂烩里的芹菜[24]呀,都挂在本田髻[25]的上面,可不是吗。"

松公:"呃,脏透了。"

长六:"听了也讨厌。"

土龙:"这样那样的时候,我们家里出入的工人走过了,便托他去把衣服拿了来。那时又烤火,挡住了寒气。总之,从那沟边直到官厅,一路都是烂泥的脚印,假如是妖怪的话,就可以跟了这踪踪[26],前去征服了。"

钱右卫门:"那闺女怎么样了呢?"

土龙:"闺女不晓得在什么时候走了进去了。那时候再也顾不得什么闺女了。小白脸从此切断了缘分,为了很别致的事情,把缘分断了。"

短八:"以后总不会再去候了吧?"

土龙:"因为是厚脸皮,所以也还是说不定哩。"

钱右卫门:"对住家人吊膀子的人是压根儿不要脸的,所以一点都不在乎。"

【注解】

〔1〕土龙讲话多用说部口气。"话说"二字系中国旧时小说开场常说的话,故今亦沿用。

〔2〕"虚田"意云是诳话，"万八"则指所说的话只有万分之八是可靠的。

〔3〕蹦跳的东西意思是说浅薄的人，有时言动出人意外者。

〔4〕此亦系外号，取其与马阴相对。

〔5〕意思即是说罗马字，因为其时日本对外国只知道有西班牙，称为南蛮，其次是荷兰，通称红毛，所以这里以荷兰为西洋代表了。

〔6〕冈山鸟系当时实在的人物，本名冈权六，别字山鸟或三鸟，为三马的门人，著有戏作多种。

〔7〕日本古代建筑，凡屋一间即柱与柱之间，距离为六尺，故六尺为一间。一町计六十间，即三十六丈。

〔8〕浪人即是失业的武士，见初编卷上一节注〔29〕，10页。

〔9〕浮世绘多画世时装的妇女，有一种狭长条的画称为"柱隐"，专挂在有柱子的地方，因为只有一长条，所以所绘女人多只露出半个身子来。

〔10〕原文云开张，引申为等着异性，意欲获得的意思，中国俗语吊膀子略为相近。

〔11〕金毛织系指以金线为纬，绢丝为经的织物，大抵制为女人的腰带。

〔12〕因上文金毛而联想到的狐狸的妖怪，相传在鸟羽院天皇（一一〇七——一一二三在位）的时代，宠爱一个玉藻御前，后来查出系妖狐所化，曾经变作妲己来迷过纣王，那须野有杀生石，便是这妖怪被杀后的遗迹。

〔13〕江户时代吉原的妓女很讲究意气。如客人有不中意的地方，可以不理，称作"摔"，被摔掉的客人很是耻辱，一点没有办法。但此时习惯或者只限于名妓，也只吉原一处才有，但据传说这种"摔"客人乃是妓女的一种特权。

〔14〕"收买破烂"系俗语说滥淫的人。有如收购旧货，不问好丑。

〔15〕专门收丧事所用的物事，和死人的衣物的人。

〔16〕日本外套的领系是反折，自上头直至两裾，中间不加钮扣，但以丝条作结。

〔17〕整理谓将衣衿略退后，不但使衣领齐整，亦且使得颈子加长，显得格外漂亮。

〔18〕原文系用一句双关的漂亮话曰"北山寒雨"，没有法子译得恰好，所以改用意译了。

〔19〕见上文注〔10〕。

〔20〕《二十一史识余》卷二十八"痴顽"之部，引《宋书》云："顾恺之信小术，桓玄以一柳叶给之，曰，此蝉翳叶，取以自蔽，则人不见。恺之喜，引叶自蔽，玄就溺焉，恺之信其不见己也，甚珍也。"杨枝隐身法的传说即是从这故事沿变出来的。

〔21〕用了浅平的漆盘装上黑的石头和白的砂子，做出风景山水，其有作富士山的，这块便特别突出，这里是形容他鼻子的高大。

〔22〕看街的人住在官厅（北京从前有这称呼，类似后来的派出所），手执警棒，长六尺。

〔23〕日本九州博多地方所出的腰带。参看初编卷上二节注〔22〕，19页。

〔24〕本来是一种煮面，在汤汁中多加作料，有鱼糕，香菇，芹菜及别的青菜，杂烩而成，今姑称之杂烩。

〔25〕一种头发的名称，见初编卷上柳发新话自序注〔19〕，5页。此种发式当时认为非常时髦。

〔26〕从阴沟里起一路全是烂泥的足踪，好像是有妖怪经过的样子，土龙好谈说部，所以这里也加添一点怪谈的成分进去。

二四　阿柚的戒名

鬓五郎："懒惰人，给别处糊纸门，——正如这句子[1]所说，在自己家里没有把横倒的东西竖起来过的，为的吊膀子，往人家去，连算账也给做，或是托买东西，跑差使的人，也尽有的。"

短八："当然有的是。开青菜店的青右卫门的那边，有来吊阿豆的膀子的一个小伙子。前几时，妹子阿柚死了，不就好了吗，连父母也都睡了，却去给死人熬夜[2]，这也就算了，很年轻的人，拿出念珠什么来，假装礼拜。朝着佛坛打起钟来，嘴里喃喃叨叨的念什么佛。这些假如能得阿豆的答应，倒也罢了，可是那边却是完全讨厌得很。"

松公："只是想叫弄点好吃的东西来吃，享点口福吧。"

钱右卫门："没有一点风流气，全是贪馋吧。"

竹公："可是那个贪馋，也因为本性是大大的蔷刻，所以也做不出什么事来。"

松公："一个钱也不使，却装出使钱的样子，做得很漂亮的，这样的人也是多有的。"

短八："在出丧的时候，更是出奇的帮忙，独自处理事务，后来被房东所批评，喊，你这是算什么呀，真是岂有此理，好像亲戚都没有人管事的样子。这么说了，面子寂灭³，这才完全倒了霉。这之后，一看戒名⁴，乃是缘应信女戒名只有两个字。上面再有什么什么两个字，接着缘应信女那倒还好，只是两个字仿佛是葬在抛进寺⁵的模样了，而且以前的佛⁶大抵取有院号，什么什么院，什么什么信女，都是很冗长的，这回的为什么这么短了呢。去与施主们商量一下，有的点点头，说可不是吗，有的赞成这个意思，说这也是的。于是去与和尚接洽，和尚说的是如此：这回成佛的人乃是早夭的方面，所以没有什么修行。以前成佛的人总有两次到过本山朝拜，此外还有种种宗教上的功德，所以给题上院号的。这样说了，那家伙乃是个冒失的人，乃说出家人柔和忍辱，什么什么乱七八糟⁷，可是外行人怎么想呢。"

钱右卫门："外行人哪里有这种说法？是说在家人，或是檀家吧？"

短八："唔，是说的那样的话。在家人看来是戒名短了，觉得这成佛的人简直的不值钱的了。你说没有什么修行，以前成佛的人是活到六十七十才死的。所以本山也去过，功德也有了，但是这回的佛顶多也才是十六岁的闺女，所以不能够做到那个样子。这里要请特别柔和忍辱，戒名略为让一点子，即使不能用院号，至少也请加两个字上去吧。好像是向着当铺里的伙计求情的样子说了，和尚却生了气，说你虽是乱说柔和忍辱，但无论是柔和忍辱，无论是葱蒜韭菜，寺里的规矩是对于没有修行的人，不能给与长的戒名的。于是那个家伙也只好衔着指头⁸退下来了。"

钱右卫门："我也听到这一番话。其实说寺里的规矩，也不

208

必那么死板，再给加添两个字岂不好吗？这样子办，施主也高兴，每遇做法事时的布施也愉快的送去，和尚的利益也着实的增加。寺院里有没有一本厚总账，虽是不知道，但计较金钱乃是世俗的恒情，不论僧俗都有生计应当照顾。干脆的一句话，本来叫作权助信士、阿三信女[9]也就尽够了。那些有名的地位高的人们，有种种的事例，那不关我们的事情，若是平常人的戒名，要代代院号，代代居士，代代大姊的这样闹法，那实在是骄奢的办法。我是对于缘应信女的两个字呢，或是什么院大禅定门，觉得都无关系。假如起了很难的戒名，到了孙子的一代已经不能认识了，问那来念经的和尚[10]，也是说这个么，什么雪院什么香花居士[11]吧，头一个字与第三第四个字，嗳，嗳，便念不出来，可是因为不肯服输，不说是不会读。那就不认识呀，请教了会读的和尚，可是又忘记了，到了孙子曾祖这一辈子，便不记得先祖的戒名，过着日子，偶然要拜的时候也只说南无御先祖，或者说十五日的佛爷[12]，这样的说也就成了。呵，是吃素的日子，呵呀，刨了木鱼[13]了！嗳，怎么办呢？买点油豆腐上供吧！什么，饭已经动过手[14]了，呵，还是且上了供吧。嘿，佛爷，请赐原谅吧，今天早上真忘记了。且闭了眼睛，张开大嘴吃饭，哼，用木鱼什么开荤[15]，真可以说不合算，这是世间一同的，我们的习惯呀。这个，好吧。什么院吧，一钱不值[16]吧，这乃那些有名的地位高的人们的事情。在平人则只是在死的时候的世评罢了。活着的期间，尽力讲名利名誉，尽量的骄奢还嫌不足，到了死后却还要讲名利名誉，极尽骄奢。什么院号以至居士，岂有此理的长，像法性寺入道[17]那样的，叫人家不能够接连念三遍的佛爷，不曾听说有往生于千张坐席大的莲花[18]的回信，到达于菩提寺[19]，也不曾听见缘应信女的戒名短了，还在那里迷路[20]，所以有鬼出现了。那么长也罢，短也罢，全是没有关系。死了以后的事情管它什么呢。就是活着，现在这时候有什么事情，也还不能知道哩。因此那死后的事情，哪里能够晓得？本来钵兵卫[21]信士，阿三信女，已经够好了，但是钵兵卫与阿三乃是活着的时候的名字，那是神道[22]，死了之后佛道给接受了过去。因为在这可尊敬的神国的名字，给死了污秽的身子带了去，对于这国土的诸神是很对不起的。所以用了佛道的法式，说什么信士，称作怎么样的法名，给题一个长的，或是给题一个短的，全是和尚的意思，用不着我们这边打算，因此这种事情也就扔下不管好了。地狱里的审判也看金钱的多少嘛。和尚中间本来也有像文觉上人[23]这样的急性子的人，所以一律的说柔和忍辱，也是不行的。又如讲地位给长的戒名，那么平人都像缘应信女一样短好了。因为是出家人的身分，究竟不全是为的金钱。又如讲修行或是功德给长的戒名，那么有名的人可以不必管他，做买卖人里的富翁也不必管他，凡是早夭的人就都给短的就是了。无论有万两的财产，只是买卖人的身分，或是没有功德，都是短的戒名，那也是很好的事情呀。可是这并不如此。那些有名的有地位的，或是有万两财产，对于佛道修行一点没有的佛爷，却用了很长很长，一口气都说不了的戒名，看了这种事情，不知怎的觉得那些话全是靠不住的了。"

土龙："每日忙于生业，年轻的人死了，都是功德修行什么也是没有的。"

钱右卫门："青菜店的闺女阿柚是有福气的人。第一是戒名短得好念，让我先去礼拜一番。这个，我是不懂得狂歌[24]的，不知道这可以算是狂歌吗。为了给阿柚做追荐功德，所以想了起来。这是刚才成功的，顶新鲜的东西。早点买是上算[25]。这样的说吧。先是题目什么写上一个。哎，什么呀。喊，有笔借用一下。哪里，哪里？哎哼，不是普通的歌人呀！

　　十万亿土说远就远，又说近也就近。

　　缘应信女说短就短，又说长也就长呀。

　　"把这又字涂掉了吧。这是没有用。行吧？哼，这样且随它去吧！什么，因为是多余的，所以涂销了好。这以后是歌了。哎，等久了。喊，这个，好了好了，写成功了。喊喊，大家请听着吧。

　　戒名有长的，

　　也有短的，乃是

　　青菜店[26]的缘应信女。

　　怎么样，怎么样。是名歌吧，是名歌吧？"

　　土龙："这是临时小戏[27]的歌呀。钱右卫门大爷也是不能小看的人物呵。"

　　鬓五郎："这真是妙呀。哈哈哈。"大家都笑了。

　　钱右卫门："呀，今天真逛得太久了。喊，走了吧。"

　　鬓五郎："往哪里去[28]呢？"

　　钱右卫门："今天是花钱的事。送去南镣一片，且喝杯酒回来。"

　　鬓五郎："你的个子很像是能喝酒的样子，可是不能喝吗？"

　　钱右卫门："这也可以算是毛病上的白玉[29]吧。这上边若是再喝上了酒，身家要难保了。"

松公："是不是有什么婚礼么？"

钱右卫门："我的伯母的儿子，和来作客的姑娘说上了，又怀了胎，所以就同那父母要了来，做成了夫妇了。"

鬓五郎："那也是恋爱吧？"

钱右卫门："总之是恋爱吧。"

土龙："是鲫鱼 [30] 吧。喊，我也就回家 [31] 同穴，交情不浅。钱右卫门大爷，我们一同走到那里去吧。"

钱右卫门："我是到了那拐角，就要分离了的。"

土龙："那么也好，总之表一点情意吧。呀，再见了。"说着就穿上木屐。

钱右卫门与土龙两人："哎，诸位再见。"

在里边的诸人："嗳，那么再见。"各自分别走去。

长六："那么样，我也该走了。"

短八："真是屁股好沉。"

长六："没有错儿。"

短八："我也回去吧。"

鬓五郎："一阵回家的风吹来，大家都要走了。且谈一会儿天吧。"

两人："松爷，竹爷，哎，再见了。"

松公："喊，回去了吗？"

竹公："再多玩一会儿也罢。"

两人："嗳。"就回去了。

竹公："那个，鬓爷，钱右卫门也真是还年轻哪。我从小时候看见他，总是那个样子呢。"

鬓五郎："是住在人鱼町³²的缘故吧。"

松公："玩笑开得不大好。"

【注解】

〔1〕这也是一句川柳。

〔2〕熬夜原文称作"通夜"，是指人死后当天由亲友们守夜达旦的一种习惯。

〔3〕意思是说颓唐，这里因丧事关系，故意使用佛教言语。

〔4〕戒名即是法号，指受戒时所得名号，日本人多奉佛，故于死后必请和尚题一个戒名，刻墓石上。

〔5〕抛进寺原来系指一种专葬无人认领的死尸的地方，别无墓穴，只有一个大坑，把死人抛在里边就完了。后来说有些寺院，专门埋葬没有家属的妓女，江户有吉原的西念寺，新宿的成觉寺，均是。

〔6〕日本谓人死曰成佛，故所谓佛者即是死人。

〔7〕要求和尚增加戒名字数，本属可笑的事，其理由说出家人柔和忍辱，更是文不对题了。

〔8〕衔着指头系言没有办法，在小孩失意时表示不好意义，常有这样举动，这里借作形容罢了。

〔9〕权助为日本男人极普通的名字，故借作使用的下男的通称。阿三即下女。此犹云张三李四，但重要在于下男下女的地位。

〔10〕每逢中元，寺中派遣和尚至各家念经。

〔11〕日本语雪院与"雪隐"音相通，香花亦与"后架"相近，二语皆训厕所，原语出典且均与佛教有关。

〔12〕佛爷是指死人，这位先祖是十五日死的，十五日是他的命日（即忌日），所以称十五日的佛爷。忌日例应吃素，称曰"精进"。

〔13〕松鱼去骨晒干，制成"鲣节"，坚硬如木，用刨刨成碎片，作为调味料，为日本家常必备之品，北京称为木鱼。

〔14〕日本每日煮早饭初熟，必先盛一碗，以供先祖，这里说先动过手，盖因忘记设供，先给自己盛了饭了。

〔15〕普通开荤必用大鱼大肉，今乃仅用木鱼，所以是不值。

〔16〕此言戒名或是院号，或是题作一钱不值，在我们看来都是全无关系。

〔17〕和歌集《百人一首》中，名字最长的有"法性寺入道前关白太政大臣藤原忠通"，但实际不是戒名，只是说法性寺出家，前任关白（等于摄政）太政大臣，连官名在一起说罢了。

〔18〕莲花托生系净土宗的信仰，千张坐席极言其大。

〔19〕菩提寺即檀那寺，谓自己一家信仰有关的寺院。

〔20〕佛教说人死后以至受生的期间，凡七七四十九日，称为"中有"，鬼魂在这期间如不得引导，要迷罔无所归，或至在人世显现，但是这里所谓迷路了。

〔21〕钵兵卫信士意义与权助信士相仿，参看本节注〔9〕。

〔22〕日本受佛教影响很深，但根本上却是神道教的，这里说俗名反是神圣，不能带到死后去，与一般佛教对于俗名的观点

不同，盖作者看重现世，所以这样说的吧。

〔23〕文觉上人俗名远藤盛远，原系武士，恋着他的表姊妹袈裟御前。但是她已嫁了渡边亘了，乃图谋杀她的丈夫，为袈裟所欺骗，反而杀了他的所爱的女人。于是大为悔恨，出家为真言宗（密宗）僧，以不敬罪流放伊豆，又劝说源赖朝起兵，除灭平氏。盖是一个极不平常的和尚，《平家物语》等书中叙说他的故事甚详。

〔24〕狂歌系游戏的和歌，形式虽似短歌的三十一音，但是多用双关及譬喻的文字，写玩笑的意思。日本相信歌的功德，即诗歌可以动天地，泣鬼神，尝作歌祈雨，又作连歌为追荐某人之用，今虽是戏作狂歌，亦模仿那时的风俗。

〔25〕此系模拟叫卖时新果子者的声口。

〔26〕青菜店原文云"八百屋"，本意云杂多，言各种东西都有，歌意言戒名有长的，也有短的，正是各种东西都卖的八百屋。

〔27〕临时小戏原文云"俄"，意云急就，乃是临时即兴的演作，以游戏滑稽为主，有如数人演出的像声。

〔28〕原本这里"往哪里"与下文"花钱的事"，均仿照巫婆的"活口"的话，作"去口"和"花口"，今悉改从意译了。

〔29〕俗语说白玉微瑕，这里故意反说。

〔30〕恋爱日本语云koi，与鲤同训，这里故引与鲫鱼作对。

〔31〕"偕老同穴"系一种低级海产动物，普通常作为夫妇的譬喻。这里因言恋爱，故联想及此，又日本语"回家"读音与偕老相近，又复缠夹而成此语。

〔32〕俗说人如吃了人鱼的肉，便可长生不死。江户日本桥有人形町，与人鱼町读音相近。

二五　理发馆的内情

竹公："那个，许多人在这里的时候，也不注意，阿留这小子到哪里去了？"

鬘五郎："差遣出去买东西去了。"

竹公："那小子近来的手段好了起来了，是吗，松公。"

松公："唔。"

鬘五郎："还没有欲望，所以还不行。"

竹公："现在几岁了？"

鬘五郎："十六岁了。"

松公："非常驯良的少年。还没有风流气哪。"

鬘五郎："唔，是呀。"

竹公："等着看吧。脸上面疱长出来的时候，慢慢的要起头了。"

松公："将来会成为一个好手的。"

竹公："但是理发也是一种很辛苦的职业吧。"

鬘五郎："岂但是辛苦呢？起头学习的时候，腰骨很痛，简直不能伸直。拿着剃刀的手像棒一样，到得拿梳子的时候，弄得非常为难。而且整天的弯着腰，俯着身子，所以上了火眼花头晕。这不是现在的话，因为积了年功，所以至今已是好了，总之一切的都非习惯是不行的呀。"

竹公："所以说学习不如习惯嘛。"

松公："是夏天好吗，还是冬天好呢？"

鬓五郎："这也很难说哪一方面好。夏天是汗出来，粘成一片，冬天是天冷了，手都冻僵了。夏天做夜工，蚊子很是讨厌，想要搔痒，也是油手。"

竹公："是这样吗。营生的事是很困难的。"

松公："说什么可怕的事，这无过于营生的了。"

鬓五郎："而且理发的事，无论是跑街[1]也罢，开店也罢，都是非奉承人不可的事情。而且在大众的里边，有些是特别不好对付的客人。真是十人十色，要分别应付，顺了各人心里高兴的事，随口的答应。这简直同窑姐儿是一模一样的法子。这个生意是很特别的，要像贴在大腿里的膏药[2]才好。"

竹公："这是现时的生活方法嘛。"

松公："说我理发理得好，装着苦脸，是谁也不会来的。"

竹公："所以会说奉承话呀。"

鬓五郎："或是模样儿长得好。"

松公："什么，说模样儿干吗？"

竹公："真是的，一切的事情总之非有爱娇不可呀。"

松公："但是无论何种行业，这都是一样的，然而这东西是，一到年老就不行了。"

鬓五郎："一过了五十，就有点为难了吧。"

竹公："到了五十六十，一向耽误着没有成功，那也就是不成器的东西了。"

鬓五郎："那自然，不过不管什么生意，总难得这决心。"

竹公："大概总知道个大略，所以各自应该早自预备了。"

松公："现在就是跑街，或是开理发馆，要是伙计代做的话，就回话说今天且算了吧。"

鬓五郎："跑街且当别论，理发馆全是这样的。因此假如在放假的第二天，工作重叠，忙得头都要昏了，总之不要替代的伙计理发嘛。在我自己也是如此，若是有点儿和平常不一样。便觉得很不好过。这原是人情呀。"

竹公："跑街的理发的人当中有些好手，好容易成了熟识了，却又搞一个梳头家伙的什么会³，跑到别的街上去了。"

松公："在这里边也有很可惜的人，但在一条街上不能长久的跑。"

以前站在门前晒太阳的一个男子，这时候走进门里来了。这人名叫蛸助。⁴

蛸助："松爷，关于这件事，这个鬓公是最能干的了。跑街外叫有五六条街，理发馆共有三处，都派了徒弟出去，没有什么话说的。而且这个理发馆亲自动手来管，专门赚钱，所以金钱是多得积压着都要叫喊起来了。"

松公："说是存起来了，这大概是假的吧？"

竹公："用了别人的名字，暗地里各自拿着哩。女人的事情同这赚钱的事情，是没有半分的漏洞的。"

蛸助："就是一个月里的挣来的钱，积了起来也是了不起吧。"

松公："因此看那理发馆吧，多么阔气呀。"

蛸助："是吗，过几时那个放家伙的箱子，就要变成金银琉璃，砗磲玛瑙等所嵌镶的了。——在我们小时候的那理发馆里，在胡脏的水桶里汲着水，此外又是那一副穷相的小盆。外面的纸门上边，画的是助广治[5]的家徽。什么，鱼乐的圆圈里的仙字，十町的马嚼铁[6]，那是两个花纹比翼[7]的画着，用银朱和淡墨，各自分别的着色。和这纸门相类的东西，有用蛇腹隐缝[8]正平花纹[9]的当中，画出直立插花式的松树，染作淡墨的平金绣花铺的纸门。那裱画店的纸门呢，那又画作偷眼看邻家的达磨。现在也还偶然看见，没有从前的那么多了。理发铺的纸门上，除了助广治之外，画那做戏的家徽的有那坂东的独钻[10]，市村的漩涡，濑川路考的姑娘[11]和市川团十郎的三重的筋斗，江户一面都是的。其中有外行人所画的武将以及优伶，或有种种的故事画，但是颜色用的是银朱，黄栀以及蓝色，在没有上过矾的纸门上画去，所以在墨笔之外，蓝色都渗出来了，眼睛里也是青的颜色，银朱的渣也粘在一起，黄栀是水与黄色各自分开了，底下炭画的痕迹都可看见，哎呀，这真是不值一看的东西。近年有什么叫作虫吃的，双钩了着上淡墨的桐油的纸门，写招牌的和灯笼店，都各有很漂亮的成绩。而且画优伶的戏相的，也有那浮世绘师的弟子们来动手，在极彩色的纸门上画，也有种种意趣。染店所染的暖帘[12]，以前总是大字或是底边花样就是了，现在却也有各式的人物，用彩画印刷，或颜色套印出来。的确，人是渐渐的变了巧妙起来了。世间万事，都能够手搔着痒的地方了。只要拿出钱来，这世间便没有什么不足了。"

【注解】

〔1〕街内有一定的主顾，按时前去理发。

〔2〕大腿里的膏药本系指两面讨好的人，言膏药贴在大腿里面，则两边都沾上。

〔3〕原文云"鬶鋀无尽"，乃指理发的人向主顾募集资本，虽名"无尽"，即是抓钱的会，实际就是募捐罢了。

〔4〕蛸字中国只见于古文蟏蛸，就是现今的蟢子，没有别的解释。但是在日本却平常用的很多，当作章鱼讲，因为蟏蛸古来一名长脚，今章鱼的脚也长而且多，所以拿来移用了也未可知。

〔5〕助广治乃是名优中村助五郎与大谷广治二人的合称，此外有关当时优伶的姓名，不一一说明。

〔6〕马嚼铁是家族徽章之一，系圆圈内一个十字形。

〔7〕比翼谓将两个纹章重叠的画着，这里即圆圈内一个仙字和一个十字，画了各自用银朱和淡墨充填出来。

〔8〕用一股向左搓的丝和别一股向右搓的丝相并，用隐缝法将它钉在上边。

〔9〕正平花纹系画作蔓草，牡丹和狮子模样，又棕色底子

白色的字，染出正平六年六月一日一行字，因为这是正平年间（一三五一）所创始的。

〔10〕独钴是佛教的法器，俗名金刚杵。坂东的家徽实际乃是篆文的东字，形状好像是一个金刚杵，所以得此名称。

〔11〕这个徽章本名结绵，状作五叠丝棉，中央束住了，上下头均散开，普通用作喜事的赠品，特别是经过濑川路考的提案，又称作姑娘，其用意未详。

〔12〕暖帘虽似指棉帘子，实在乃是店家的布帘，用作遮阳的，后来兼招牌的作用，多染出种种文字和花样。

二六 占波八卖鸭子

说到这里，鸡鸭店的叫作占波八的男子走进来了。

占波八："蛸助大爷，为什么嚷嚷？在隔壁的檐下听着，只听见你一个人喳喳的吵着哩。"

蛸助："唔，不，我只说现在的世界变得真是方便了。"

占波八："你是刚才知道的吗？已经迟了，迟了。——这个，有绿头鸭一只剩了下来，照原价卖了，你们要买吗？"

蛸助："我们是只配买母鸡的。"

占波八："真啬刻。别管这里，只管去吧。懂得吗。"撩起后裾来，亮一亮相，嘴里做出三弦的声音，走到上边来，这乃是个元气旺盛的人。"喊，这里是没有人要买么？想卖掉的只有一只。使用江户三座[1]名角的相声，来表示敬意。男角是幸四郎，三津五郎，团十郎，松助[2]。这是全然不成。女角是大和屋和纪国屋，三河屋和伊势屋[3]，青菜店和杂货店，随意挑选。也是什么都不成，只是我说相声，在我所说的以外，没有模仿别的事。请先赏识这鸭子再说吧。肉味喷香，不沾牙齿，像是表兄妹[4]的味儿。北洲的千年也是蜉蝣的一时，卢生的梦也是五十年[5]，一时的荣华延长至于千岁。千金万金的支出，要细加考虑，那也是道理，可是这只是风前的尘埃罢了。四百五百的钱文，使用在无聊的事上，一分二铢的银子，抛弃在意外的洞里。贵地的确是繁华的地方，进港的船有一千只，那么出港的船也有一千只。还有不知道的人，有也不能定，这样的人便请他试尝这风味，代价只要八百文。尝了一口，假如说是不新鲜的话，在收了代价之后，这边可以完全退还。从元旦到除夕，与诸位接触着的，在这里是固定的店铺，招牌挂在脸上的，连小孩们也都认识。不是今天在这里、明天到山地⁶去了的，那种可疑的人，所以没有卖错了东西或是买了吃亏的事情。不，不，也不是什么年轻的人。对于我所说的话，未必没有人说是多有诳话的。假如有那样的人，那么，这里写着的地方便是好证据。可是，凡是商人，决没有一个人说自己的货物是坏的。大雁和斑鸠，也是不吃便不知道它的味道，这是很有道理。又如山寺的钟虽然能鸣，要不是法师走来，用钟槌子撞过去，也不知道它的声音。在酒店门口，站上三年三月，不去喝酒，便不会酒醉。总之先请试吃了，如是实在同我说的一样，风味佳良，请赐照顾便了。并不是只以今天为限，每天早晨都在此地开张，鸡鸭店的占波八便是。——唉，说的嘴也酸了，内掌柜，茶也好，白汤也好，请你给一碗喝吧。不必用茶托了，就只要用手拿便好。”

大家出惊，看着占波八的脸。

鬓五郎：“可不是吗，真是油嘴滑舌的。”

松公：“说这人是嘴巴先出世来的，便是说这事了。”

竹公：“大道商人的说白倒记得很清楚呢。”

蛸助：“听人叫人家发愣，可是也着实可以佩服。”

鬃五郎：“这是不花钱站在路边，听那卖新闻的⁷和大道商人，暗记住的。”

蛸助：“可是，这是别人所干不来的事情。”

占波八：“怎么怎么，你们能够学这样子吗？”

竹公：“学会了也是无聊。”

松公：“学得巧妙，同你那样的活动吧。”

竹公：“这个，再落些价吧。”

占波八：“落到几何钱呢？”

竹公：“二白文。”

占波八：“这样说喝五道六的事，不能解决问题。不说玩话，原价是六百文。已经只剩一只了，吃亏五十文，落到五百五十吧。”

【注解】

〔1〕江户三座是有名的三个戏院，即森田座、中村座和市村座。

〔2〕松本幸四郎等均当时各派的名优。

〔3〕大和屋系岩井半次郎第五代，纪国屋系泽村田之助第二代，三河屋系市川团藏第四代。因为普通酒店多号三河屋，所以连带的将世间极多的店号伊势屋也加上了。

〔4〕俗语云表兄妹结婚是鸭子味道，极言其相得，感情细腻。

〔5〕佛教传说天下有四大部洲，北方有北俱卢洲，其地人寿一千岁。卢生出自中国唐代传奇《枕中记》，在邯郸逆旅倚枕而卧，梦至槐安国，为南柯太守，经历五十年，及至醒时炊黄粱犹未熟云。

〔6〕江户地面高低不一，高处称"山手"，意云山地，低处名曰"下町"。武士和学者多住于"山手"一带，下町则为商工集中之地，本文云今天在这里，明天到山地去了，即表示浮世理发馆所在，即在下町。

〔7〕在未有报纸发刊的时候，社会上如有重要事件发生，大抵不关涉政治者，率有人编为新闻，用泥土雕板①，印刷发行，多只一张，由卖报的人且读且卖，故名曰"卖读"，有一套巧妙的说白，与大道商人相同。

---

① 雕板，今写作雕版。

二七　流行俗歌

正在说话的时候，有一个十二三岁的徒弟，唱着流行歌来了。

徒弟："第五是五山的千本樱，第六是紫色，第七是南天，第八是山樱花。"唱到这里便停住了，走了进来，拿出一个剃刀盒子："鬓爷，要奉托你一件事，说把这剃刀给磨一下吧。很麻烦你，可是内掌柜说这拜托你了。"

鬓五郎："是内掌柜委托的事，不能不立即答应吧。你稍为等一等就好了。"

占波八："那个，别再唱那讨厌的歌了。乡下的调子那么当宝贝看待，真是没有办法的猴子呀。"

徒弟："我又并不借你的嘴来唱。"

占波八："好个能说话的徒弟。"

徒弟："这是像了你的缘故。"

占波八："呵，没有二话，你原来是说的对嘛。"

蛸助："刚才这个小厮所唱的歌，胡乱的流行，那是从下越后地方出来的瞎姑儿¹的歌呀。"

鬓五郎："是呀。"

松公："很别致的歌儿。一点儿都没有气势。"

蛸助："那个歌儿，人家所唱的都是乱七八糟的。我知道一个本子，是从越后的人传来，一点没有错误。"

占波八："这个倒要请赐教。"

竹公："总之那些事情谁都想要知道。"

蛸助："刚才所唱的歌的文句，全体是很长的。江户的人们不记得全篇的文句，只是随处切了一部分来歌唱着罢了。瞎姑儿唱的越后调的真面目，这里才是呀。我可以教给大家，但是拿出几何钱来？"

占波八："说出这样贪鄙的话来了。在听过一节之后，才好定价呀。"

竹公："在没有听之前，是不能知道行情的。"

蛸助开始唱歌："千旱田[2]，

荒物町的染店里的姑娘，

姊妹排着看起来的时候，

姊姊是不中意的牵牛花，

妹妹是刚才开的白菊花。

姊姊是一点都没有希望，

妹妹是想要的人到处许愿：

第一是岩船的地藏菩萨[3]，

第二是新喊的白山老爷，

第三是赞岐的金毗罗，

第四是信浓的善光寺，

227

第五是吴天的若宫，

第六是六角的观音，

第七是七尾的天神，

第八是八幡的八幡，

第九是熊野的权现，

第十是本地的恋爱神。

若是所许的愿没有效的话，

便在前面的小河里投了河，

变作三十三寻[4]的大蛇，

发着大水流将去，

咕噜咕噜把她蟠了罢。

真的吗，老爷子？

装痴作傻的老婆婆。

小桶里请用茶吧！

婆婆不固执己见[5]了。

这后边便是吹打了。装痴作傻的老婆婆，小桶里请用茶吧，平常虽是这么说，可是这前后的事情是谁也都不知道。现在这小厮所唱的，就是这个：

船家给了三尺漂白布，

我戴着时漂白布也可以[6]，

给郎戴时漂白布可就不行。

染作什么才好呢，去问染店看，

第一染作桔子花，

第二是燕子花，

第三是垂下的藤萝，

第四是狮子和牡丹，

第五是五山的千本樱，

第六是紫色，

第七是南天，

第八是山樱花，

第九是小梅分散的染着，

第十是照着郎所喜欢的样子。

真的是这样，

好不操心呀。

这也是在流行过去了的时候，当时种种的风俗可以知道，又可以作为后来的人的消遣。所以我想来写成一册书。此外还有许多事情，说起来话长了，所以且止住吧。"

占波八："再教我一个吧。我都记住了。"

蛸助："那么，且来再教一个吧：

我们隔壁人家得了一个好女婿，

能够锻石磨，

又能箍桶箍，

人家托他也会做木匠，

也会做箍桶匠，

也会做瓦匠，

又能拉大锯。

从小时候喜欢粘小鸟[7]。

蓝布妬子下穿草鞋，

腰挂粘箱，手拿粘竿，

从下边算来二町目，

上边算来三町目，

总共五町目的正中央，

讬的大本上有一只小鸟。

把这个粘了来吧拿起粘竿来，

粘竿太短了，小鸟又太高，

这时候小鸟又吵起架来了。

你是粘鸟的吗？

我乃是叫百舌的鸟，

我虽并不是一定怕被粘，

如有缘分请下回再来粘吧。

喊，好吗？每一个算是一分银子，一总算来尽伙玩一个中等倌人[8]人。此外还有什么我和阿妈等，种种的歌儿哩。"

【注解】

〔1〕瞎眼的女人多学习歌唱，用以乞讨钱米，至于出在越后地方，则据传说越后有大名（侯爷）的女儿眼瞎，甚同情于盲女，招至其地，加以教养云。

〔2〕此歌称为越后调。据中西善三注，谓此歌起头原作"新发田"，这里错作"千旱田"，殆系作者一时误记。

〔3〕这里十个许愿的对象都是偶然凑合，别无意义，如第一为岩船的地藏菩萨。只取岩船的发音第一个字与"一"字相同而已，第二第三仿此，所以这里关于这些神佛也不一一注明了。

〔4〕计算长度的一种单位，中国一寻八尺，日本则是六尺。

〔5〕这里的婆婆即是姑，己见原文云"我"。源出佛学，即言我见。

〔6〕妇女常以手巾盖头，遮掩日光，兼避尘埃。

〔7〕此歌因此便名为"粘鸟"，一个人唱歌，又一人演作，亦有作"粘鸟舞"者。

〔8〕吉原妓女有种种等级，最上等称"太夫"，中等者名"昼三"，代价为银三分。蛸助教唱歌，一个算作一分，故总计值三分银子。

231

二八 读《三国志》

占波八：“一本只要八文，上下两册，十六个铜钱就可到手。我们所唱的只是照书本的样子，列位喉音好的请自己来唱，也是一种好的娱乐。现在唱着歌，如果有用，请你购求好了。纸钱印刷钱总共只有铜钱八文。”

蛸助：“喊，真是叫人出惊的嘴哩。专会哄人的汉子。”

占波八：“当然会哄人嘛。《孝经·开宗明义章第一》，并不是教这种老古董的师父，说一句简单明白的话，是教傻子的呀。”

蛸助：“教的人是傻子的事，也是有的。”

占波八：“这边是博学大才，肉食妻带呀。说本来的事，是叫孔明提灯笼，楠[1]给拿草履。哎呀，说到孔明，那家伙箱子的上边，放着《通俗三国志》[2]。这个，说着闲话，影子就到[3]，正是说的这事。哈哈，用草书字母写的吧。现在的乃是汉字用正书字母写的，所以是好。这样的办，连女人也都能念，这字在我也是熟识的。”

松公：“嘴简直没有歇。”

竹公：“唠唠叨叨，像油纸什么着了火似的。”

占波八：“你们尽管嫉妒吧。因为是占波，不会遇见倒霉的事情。这个，这册书是谁放在这里的。"

鬈五郎："是土龙大爷存在这里的。"

占波八："唔，土龙的吗？那一副傲慢的口调。说些什么呢，全像是唐人的梦话[4]似的。那么样同不说话岂不是一样吗。喊，若是土龙的书，让我搽上些唾沫去，弄成几个窟窿吧。"

鬈五郎："住手吧。这是从赁书摊上借来的。"

占波八："呵，阿弥陀佛大失败，认错打针疗治[5]，这里也是圆圈的乃字[6]。怎么样办好呢，啾啾啾的啾！"

松公："简直是疯子。"

竹公："反正不是神识清明吧。"

蛸助："倒也不是只值得丢掉的汉子。"

鬈五郎："也不是太有人会拣去的人。"

占波八："婀娜的潮来[7]，给她迷住了！"用颤抖的声音唱起歌来，又连声学着跳舞的节调。"啊，哇哇，孔明七星坛祭风！"看着书念着，却又即坦然若无其事的样子。"可不是像也是大夫那样的祭风[8]呀。"

鬈五郎："说什么傻话。"

蛸助："可是能够正式的念，也是不思议的。"

占波八："念给你们看看吧，曹操横槊赋诗。"

蛸助："说的是什么事呀？"

占波八："连我也不懂嘛。"

蛸助："这是棒读[9]了的缘故。应该读作曹操横了槊，赋起诗来。"

占波八："既然知道得那么清楚，那么何必再来叫我吃瘪呢。字要翻筋斗，玩跌打，所以很不好念。"用了朗诵的口调念下去："徐庶受，徐庶受命，哎命，既，既，哎受命，既，引兵兵而，兵而出，于是，哎于是，而出于是，什么什么[10]，——什么呀，字母注丢了，没有法子念。——哎，什么什么，现在都城，都城之，之内，哎可以，可以安，嗯嗯安心，哎心，哎大为大为，大为欢喜，哎喜，自己，自己骑马，哎先是陆，先是陆，先是陆……"

大众："哈哈哈。呵哈哈。呵呵呵。"

鬏五郎："呀，无论怎样都忍不住了。"

蛸助："想要不笑，却喷出来了没有办法。"

竹公："住了吧，住了吧。"

松公："人家听了也怪难为情的。"

占波八："我念的是对的，可是书的写法却是不对嘛。"

蛸助："刚才还没有念到两行哩。"

占波八用朗诵口调："先是陆，哎先是陆地。"

松公："刚才的那个巫婆的那种调子哪。"

占波公："肃静肃静！——先是陆地，看阵，哎看阵，嗯，阵看了看了。"

鬏五郎："这是说什么呢？不要乱七八糟的胡说了。"

占波八："可是这是这样写着的嘛。"

竹公："你把先头的文句再读一遍看吧。"

占波八："你说了不得的话。若是重读先头的文句，便又像是碰见不认识的人了。——看阵，看阵。"

鬣五郎："看阵，看阵，牛蒡摆阵。"[11]

占波八："肃静肃静。——看阵。"

蛸助："这是把阵地四下一看吧。只要大概推测着念下去好了。"

占波八："推测怎么的能行呢？这是光说无理的话嘛。我推测这是关羽，可是在文字上写着并用字母注着玄德哩。因为说是自己骑马，所以猜想大约是马夫这两个字吧，但是字母却注着先是陆嘛。要用推测，在那方面也有荒神老爷[12]，哪里能行呢。——其后，其后。"

蛸助："这个，快吧，有如韦驮天[13]自己骑了马，撒着溺走路的样子。喊喊，快呀快呀。——推测吧，推测吧[14]。——其后，一向不曾看见。"

占波八："呵呀呵呀，这是错了。请看吧，推测就这样的要错。——太太神乐。"[15]

蛸助："这也不是。是大船，是大船呀。"

占波八："代钱[16]付清，客人一位，四文一合。呀，这个又错了。——大船一艘。呵呵。实在是[17]发魇得很。"

蛸助："这个，大船一艘，是说大的船一只呀。从这里推测下去就行了。"

占波八："喔，好吧好吧。——哎中央，哎中央，……"

鬣五郎："岂不是剪了舌头的麻雀[18]吗？"

占波八："在中央浮着，帅字，写着帅，帅字的旗立着。"

蛸助："这里念得很好。左卫门祐经[19]。嗯，不，是水寨。"

占波八："水寨。嗯，左右左右，都是水寨。四傍，四傍都是，伏置，伏置弩弓。自己——这个又是自己。虽然是唐人，可是很讨厌的说自己自己，想必是满面胡子的小姐[20]吧。本来叫作自己的东西乃是海带哪。你们没有去过上方，所以未必知道。我前回跟了店里的伙计到过一次上方，因此知道的很是清楚。到上方的戏院去的时候，在里边卖东西的老头儿，老是吆喝着说，自己不要吃吗，自己不要吃吗。这是奇了，那个老头儿既不能吃，那么为什么说'自己不要吃吗'的呢？或者因为没有茶，所以说就从清水[21]吃起吧。种种的推想着，忽然有买的人，说喊，给我一个自己吧，窥探过去，乃是海带包成别致的模样的东西，嘎吱嘎吱的咬碎了，中间有一个花椒在里边呢。我就问旁边的人，说这里边原本有花椒哩，答说花椒怎么会在里边，江户的花椒是有脚的，所以会得进里边[22]去也说不定，这里的山椒因为没有脚，所以不能在里边。海带里的花椒是放进去的呀。被批驳了这一大顿，我一句话也没有得说，便又问他这为什么叫作自己的呢，他说这因为是自己，所以叫作自己的嘛。无论说到哪里，全是一样的事，压根儿什么都不懂。——坐在将台，台之上，其时，建，建……"

竹公："其时听得雉鸡[23]铿铿的叫。"

占波八："肃静肃静。嗳，且止住吧。我还托福连肩背都胀痛了。"

蛸助："到了现在，刚才读了六行罢了。"

鬓五郎："人有种种不同的习惯，土龙大爷是说平常话，也像读说部似的不好懂。"

松公："占波八是平常多嘴，念起书来口吃了。"

竹公："这是奇妙的东西。我们就此回去了吧。"

松公："我也要去了。唉，真把肚子也笑痛了。"

两人："嗳，再见了。"

鬓五郎："嗳，慢慢的回去。"

占波八："那个，鸭子怎么办呢？"

竹公："不要了。"

占波八："去你的吧！"松公竹公二人回去了。

鬓五郎："喊，小伙子，剃刀给你吧。到家里要这样说，内掌柜如有什么好吃的东西，要去做不请自来的客人的。"

徒弟："嗳。"走出门口。"啊略亮龙头[24]，啊略亮，亮亮亮亮！"

【注解】

〔1〕楠即是楠正成，为日本著名的忠臣，为南朝尽忠而死。后醍醐天皇愤军阀足利尊氏专政，欲行讨伐，反而所败，退保吉野地方。足利别立天皇，是为北朝，南北对峙五十余年，卒为北朝所并。

〔2〕《通俗三国志》五十一卷，系将《三国志演义》混合日本字母写成，著者为文山，在元禄的初期（一六八九——一六九二）出板，因事迹新奇，且与日本的军记小说有相似处，故大见流行。

〔3〕见初编卷上六节注〔13〕，64页。

〔4〕唐人即中国人。唐人的话已经是不好懂，若说的是梦话，更是莫名其妙了。

〔5〕日本盲人习为按摩，晚间出外营业，叫唤云按摩打针，这里因为认错一语与按摩读音略相近似，故连带的说在一起。

〔6〕系指草书字母的"乃"字，这里意义不很明白，或者是说涂了唾沫所弄成的窟窿。

〔7〕潮来系地名，为常陆地方的水乡，有潮来调发源于此，流行及于江户各地。

〔8〕由诸葛孔明祭风联想起的庸医祭风，庸医因生意不好，希望人多感冒伤风，故也祭风。关于也是大夫，参考初编卷上一节注〔19〕，9页。

〔9〕棒读是日本人念汉文的一种读法，乃是如字直读，不加颠倒，大抵全是音读，佛教诵经文时多是如此，这固然于原文很是忠实，但意义便难以了解了。别有一种所谓"反点"者，则是就本文加以钩勒^①符号，表示和读的文法次序，以便读者。如这里"横槊赋诗"便是棒读，和训须将宾词槊字诗字，放在动词的上边，且加一个宾词的附加音，这才可以讲得通。

〔10〕此里原是"曹操"二字，因明说字母注丢了，故而读不出，虽写有汉文而注作"什么什么"，今便改正了。

〔11〕此因上文"看阵"而连续下来的一句戏语，疑当时或

---

① 钩勒，今写作勾勒。

有相类的通行俗语。

〔12〕这里乃是广义的荒神，不是单指灶神。据中西氏说，荒神有贪欲神、障碍神、饥渴神这三神，故是为推测的障碍。

〔13〕韦驮天在中国称韦陀，但知其为护法的菩萨。日本则说他跑得很快，当初佛涅槃后，舍利为捷疾鬼拿走，由韦驮天追去取回，故此处也是说他能快跑。

〔14〕原本此处段落符号有欠明了处，不知道那是谁说的，今酌量分别，至第三次蛸助说话，"这个，大船一艘"云云，才交代明白了。

〔15〕太太神乐亦称太神乐，是对于伊势大神宫奉献的一种音乐，在江户时代是庶人所能做到的最阔气的事。

〔16〕代钱与大船读音相同，这里是学说酒店伙计的报告，四文一合乃是最低的酒价。

〔17〕当时在吉原妓女中间，很流行这样的一句话，因"实在"与"一艘"语言相近，故而连用。发魇是南方俗语，犹言愚笨可笑。

〔18〕"剪了舌头的麻雀"见初编卷中八节注〔20〕（81页）。有老婆因麻雀偷她浆衣服的糊吃，将其舌头剪去，老翁觉得很可怜，便把它养好放掉了。后来老翁往访麻雀的住处，大受招待，老婆却得到了惩罚。上文说"中央"的中，音读若"啾"，所以这里说啾啾的恰似麻雀的叫声。

〔19〕工藤祐经谋杀伊东祐亲不成，乃杀其子祐泰，祐泰的遗子终乃报仇，即曾我兄弟。见初编卷上五节注〔53〕，56页。

〔20〕戏剧中郡主小姐说白，常自称"自己"，《三国志》

中的人物既然全是中国人，又推想多是满面胡子的武将，今乃亦称自己，所以说是很讨厌的。

〔21〕"自己"的训读与"从清水"一语相同，故附会说此。

〔22〕日本语"进去"一语，此里系自动词，故为上方人所挑剔，讲道理说是应该用放在里边的。

〔23〕上文因连说"建"字，故牵连的说是雄鸡叫声，日本民间故事"桃太郎"说他率领雄鸡和狗，前往征服鬼岛，雄鸡铿铿的叫即出在那篇故事里。

〔24〕《浮世澡堂》初编卷下说小儿歌唱亦有此文，而大同小异，今悉从旧译。"嬉游笑览"卷六下云，近时小儿一面跑着，一面歌唱着阿略亮溜，未能说明其意义。今据三田村鸢鱼考证，此系旧时消防队警告行人避道之词，原文溜多系"龙吐水"之略。

二九　豁拳赌吃面

这时候有一个年轻人走进来，扛着一个包裹。

栉吉："鬓爷，篦子什么样？"

鬓五郎："吉公，怎么样？什么，篦子么？嗯，不，不要呢。刚才栉八来过了，谁的也没有买。还不要呢。可是，什么没有吗？你没有那中齿的梳子吗？"

栉吉："有的。"

鬓五郎："中齿的梳子就买一个吧。"栉吉从箱子里拿出来给他看，"这简直的不中用。这样的梳子哪里可以用得？几何钱，一百五十么？"

栉吉："二百文。"

鬓五郎："二百文也太利害了。"

栉吉："为什么？便宜五十文哩。"

鬓五郎："二百五十的中齿同这个不一样。拿走吧，拿走吧。到来春慢慢的来吧。这个，假如到送年礼[1]的时候，又给那种不能使用的梳子的话，那就不再交易呀。"

栉吉："是，是。多谢照顾。"

241

鬓五郎："这是真话呀。"

栉吉："在你是真话，在我是诳话哪。"把货物收拾，背上了。"嗳，再见了。"

刚走了出去，就遇着一个着长袴的男人，进来便说道："天气很冷。"²

鬓五郎："嗳，你来了么。还没有呢。"

来人："是，是。再见了。过几天再来吧。"走出去的人乃是收买头发渣儿的，挑着箱子走了。

又一个人穿了绸外套，长袴子，后边的衣裾掖上了，拿着三四个像是寒中送礼³似的合子。这人名叫铜助。

铜助："一直没有奉访，近来你好吗？这个是……"拿出几封信件来。

鬓五郎："一直那样，多谢之至。那三封是给金爷、铁爷和银河大爷的。我真是所谓从板廊上跌落的奶妈⁴了。"

铜助："哈哈哈。"

鬓五郎："嗳，的确的都给送到吧。"

铜助："是是，每回麻烦你了。哈哈哈。还有那铅店的银吉大爷常见面吗？"

鬓五郎："近来简直不来呀。"

铜助："呀，这事就麻烦了。那么这封信且放在你这里吧。来了请你交给他，如若不见，那也罢了。"

鬓五郎："可见是出不来台了。"

铜助："哈哈，有点儿犯了肝气⁵吧。呀，立刻就走吧。"

鬓五郎："还好再玩一会儿吧。且抽一筒烟去。"

铜助："今天还要往山地⁶走远路去呢。请你也来玩，很是热闹呵，一点都没有霜冻的景象。哈哈哈。"

鬓五郎："这边乃是霜冻，冷得很哪。哈哈哈。"

铜助："喔，再见了。"

鬓五郎："内边也给问好。"

铜助："是是。"

走出去了，这人不知是谁，作者也不知道⁷，看官请随意注解，也是很有兴趣的事。

蛸助："占波公，这回是偷偷的念着哪。"

占波八："批评得太利害了，所以是默读着哩。"

蛸助："一声不响的偷吃着嘛。"

占波八："说起吃来，真想吃点什么了。"

蛸助："新开店的家乡荞麦面条刚打好了。"

占波八："是那横胡同的票房旁边吗？我们用豁拳来打赌吧。"

蛸助："唔，好吧。"

鬓五郎："又想来输了。"

蛸助："是不作兴强词夺理的生气的呀。"

占波八："倒是你爱强词夺理的生气。怎么怎么，是赢的人出钱吗？"

蛸助："哪里有这样的办法。是输的人请客呀。"

占波八："那么这有点儿不方便。"

鬓五郎："说出乏话来了。"

占波八："不，因为要叫蛸公请客，所以觉得对不起哩。"

蛸助："哼，自负心真强呀，喊，来吧。三拳两赢吗？"

占波八："不，三拳全胜。"

蛸助："不得要领。两拳连赢的三拳决胜吧。"

占波八："好吧。"

蛸助："等等，搽点鼻油 [8] 叫它灵一点吧。"

两人："五。二。九。到来。"

占波八："到来 [9]，到来，到来！"

蛸助："叫到来的拳哪里有呢？无手与到来在规矩上是不作兴的。"

占波八："强词夺理 [10] 三年柿子八年。我不管这些规矩，所到来与无手无论什么，只要数目相合的就算赢了。那么样不自由的拳，我是不干的。"

蛸助："咄。那么这就准许了吧。"

占波八："也用不着什么你的准许。好吧，从此开始吧。"

两人："一。六。七。三。五。"

蛸助："喔，赢了。"

两人："四。四。三。九。五。二。"

蛸助："赢了两拳了。"

占波八："再等一会儿吧。你已经是赢了两拳了吗？这回是决定胜负了。唉，拳运不佳，所以如是的。人家说被芋苠梗儿撞伤了脚，便是这事了。"

蛸助："说漂亮话。"

244

占波八：“南无拳道第一如来老爷[11]。请你保佑我得胜，叫蛸助花钱请吃荞麦面吧。恩所罗，恩所罗，三碗吃下荞麦面[12]。喊，来吧。此后是鬼和铁棒[13]，辨庆和长刀，我和女人，所向无敌，确实可靠。”

两人：“七到来。八到来。二到来。三到来。五无手。四无手。六无手。”

蛸助：“哎，这真麻烦。‘一个’怎么样? 喊，咚的一发。”[14]

占波八：“嗳，一拳也没有赢，竟自输了。”

鬓五郎：“哈哈哈！”

蛸助：“这就要请客了。喊喊，快到荞麦面店去叫了来。这个，小厮不要在路上游嬉才好。还把面钱立刻都付清了来。嗳，你真是不中用的家伙。把后边的衣裾卷起来，就去了吧。”

占波八：“咄，真讨厌。人家说从口里出来的荞麦面店[15]，就是这件事吧。”

【注解】

〔1〕旧时过年的时节，理发馆对于主顾须送年礼，大抵系梳子之类的东西。

〔2〕说天气冷暖，乃一种见面时的招呼，只是所谓寒暄，并无什么意思。

〔3〕寒中送礼，后来已无此习惯，唯借历本中大寒大暑的

时候，尚多致函问候起居，称为寒中或署中问候，还是这个意思。

〔4〕奶妈照顾别人的小孩，自己却从板廊上跌了下来，譬喻虽给人家帮了忙，却没有人来给自己帮忙的。

〔5〕上句说出不来台，系戏台上用语，直译为"开幕障碍"，这里连想到毛病的肝气堵塞了。

〔6〕参考本编二六节注〔6〕（226页）。在江户时代，从下町走到山手一带，是相当的远路。

〔7〕这里是作者的一种手段，直接与读者说话，表示好意，又把一件看去很是明了（在当时读者是如此的），留给看官去猜，这是很安排得好的。铜助盖是一个吉原里来的使者，专替妓女们送达情书给熟客的，但是这不能直送到他们的家里去，所以这便要托理发馆或是澡堂转交，而鬓五郎就成了替人家看小孩的奶妈了。但是他也并非生客，看他嘱托铜助内边也给问好，这就可以知道了。

〔8〕变戏法的人常把指头去擦鼻子，说搽点鼻油，叫手法灵活一些，这里是学那样子。

〔9〕日本豁拳所叫数字，系模仿中国式，如一二三四悉如华语，唯九读作快，又十称"到来"，又零则称"无手"。

〔10〕上文说不得强词夺理，此处利用声音相近，改变桃子栗子三年柿子八年的俗语，原文是说果子自下种至结实所要的年数。

〔11〕这是模仿"南无天道大日如来老爷"，来祷告豁拳的神道的话。

〔12〕真言宗的修验道用了祈祷符咒手印的种种方法，云可求得神通，此即模仿其咒语。原语云，恩唶罗，恩唶罗，森陀里，玛多尼所万卡。

〔13〕鬼和铁棒，言鬼拿上铁棒，加倍的强，系固有的俗语，后二句乃附加上去的。辨庆是传说中勇士，本是和尚出身，随从源义经，甚著武功。参考初编卷上六节注〔21〕，65页。

〔14〕一个是说豁拳时来一个"一"是怎么样。末句系最后决胜时胜利的口号。

〔15〕犹俗语云祸从口出，谓因豁拳致赌输了荞麦面。

三〇　女客阿袋

　　正在这时候，有一个老太婆，来到门口，独自说着话，一篇很长很长的说白。

　　阿袋在门口："哎呀，鬓五郎大爷，那个那个真是寒冷的天气呀。很是对不起你哪。"

　　鬓五郎："呵，这个，原来是阿袋老大娘。难得出来呀。"向着屋子里边叫道："这个，什么呀。什么来到了。你就出来吧，那金鸣屋的阿袋老大娘来了呀。"

　　内掌柜从里边跑了出来："这个是，这个是，真是很难得的。好容易来到此地呀，且请在这里上来吧。"

　　阿袋："不，不，务必请不要照呼我吧。虽是总想到这里来，就是一会儿也好，你哪[1]，日子生得很短，急急忙忙的过着生活，终于终于是长久不来奉候了呐，你哪，可是，我说，你这边也都是大家康健的哪。"

　　内掌柜："嗳，你那边也都是纳福的吧？"

　　阿袋："嗨嗨，真是多谢了。今年的天气呐，你哪，是特别的比常年都要寒冷。你哪，可是也还不至于因为寒气生了病，这

248

是比什么也是觉得高兴的事。家里人 [2] 也想跑来访问一下子，可是，你哪，又因为宅门子里的事情，种种忙迫，不呀，真是的，你呀，连一日三餐的饭呀，也不能够安安静静的吃哩。因为这个缘故呐，你哪，家里简直闹的团团转。我也不能那么眼看着，也只得在店铺方面帮点忙呐，你哪，就是连往澡堂里去的工夫也没有哪。不呀，这虽然是，真是的，很可感谢的事，但是呀也累得很，主人也是，你哪，因为太忙都唠叨着哩。昨天晚上，你哪，我也才这么说来着。现在这样的忙是很可感谢的事嘛，正月里穿的东西想做也没有工夫，真是为难的事情，你哪。他说咄，这岂不好吗，一点没有什么不足的地方。我说拆洗了的东西再做也来不及了，只好拿出作客穿的新衣服来，不再可惜的穿了也罢，我这样的说了呐，你哪，主人说，什么，别为了衣服操心哪，用不着收藏起来，就快拿出来穿好了。因为是这样呐。你哪，有些衣服是洗了之后，就那么整个存放的。这样的想着，也没有来奉访，不知道你是怎么的想，但是因有这样的缘因，务必务必请不要见怪才好。呵呵呵。——今天是，你哪，到这里以前，已经走了五家打过招呼了。这里出去，是想到阿春那里，也已好久不去了，顺便还到秋助大爷那里去转一下子呢。还有，你哪，祝你千年百岁 [3]，夏右卫门的孙子是，你哪，当初闹虫子的病，是三好两歹的，终于成了那边 [4] 的人了。"

内掌柜："哎呀哎呀，那一定很悲伤的吧。"

阿袋："呵呀呀，夏右卫门父子完全垂头丧气，简直是发呆的样子了，你哪。阿冬的大女儿阿霜，那个是，你哪，有了相当的地方，已经出嫁了，今天是回门[5]的日子，因此想要到夏右卫门那里，去露一露脸哩。喜庆的事呀什么呀的，你哪，总之真是的，弄的没有一点儿安静的工夫。哎呀，真是的，藤哥儿是康健的吗？"

内掌柜："嗳，多谢了。倒是顶结实的，直到现在没有什么。"

阿袋："难得难得，这真是福气了。小孩子们无论什么，第一要紧的总就是结实。在宅门子的妹妹也很好的在做事吧？好久没有得到她的消息了。"

内掌柜："嗳，多谢了。"

阿袋："顺便给她问好吧。真是的，整天像唱歌似的唱着，这样那样的来拜访一下子，到了今天才算来了。嗳，再见了。请你好好的保养着吧。"

鬓五郎："再坐一会儿去。"

阿袋："嗳。不，没有工夫再坐了。刚才说的那个样子嘛，呵呵呵。到了来春，再来贺喜吧。"

两人："嗳。嗳。请你也……嗳。嗳。"

阿袋："嗳，再见了。"

两人："嗳，再见了。"

阿袋走出去了。蛸助与占波八两人从先头听着老婆子的独自饶舌，说长篇的话。

蛸助："这个，真是饶舌的老太婆呀。"

占波八："不让人家开口，自己一个人老是说着，忽然的回去了。"

两人："用不着招呼，倒是省事的好。"

占波八："因为是什么什么的呐，又是这么这么的呐，你哪，呵呵呵。因为什么什么的做了，又是怎么怎么的做了呐，你哪！"

蛸助："纵然是好手占波八，遇着那个老婆子也倒了霉了。"

占波八："呐，你哪，你哪。"

俗谈平话的可笑的地方收集起来，写出人情的机微，当于来年春天[6]续出。请看官们等候着三编的发行吧。

【注解】

〔1〕原语系用"你"字后加称呼，中国没有相当的用语，北京的"你哪"或有几分相似，故便取用，略得形似耳。

〔2〕家里人即是说自己的丈夫。

〔3〕旧时习惯，凡报告坏消息之前，必要说句吉祥的话。

〔4〕讳言死去，说成了那边的人。见初编卷下一六节注〔16〕，140页。

〔5〕女人出嫁后经若干时日，初次回到母家去住。

〔6〕小说续编每于新年发行，此书三编虽有预告，但终于没有出板。至文政六年（一八二三）始由泷亭鲤丈续作刊行，但是文笔趣向迥不相及，其时三马也已于前一年谢世了。

图书在版编目（ＣＩＰ）数据

浮世理发馆 / （日）式亭三马著；周作人译. -- 南
京: 江苏凤凰文艺出版社, 2019.4（2020.4重印）
ISBN 978-7-5594-3304-6

Ⅰ. ①浮… Ⅱ. ①式… ②周… Ⅲ. ①长篇小说 – 日
本 – 近代 Ⅳ. ①I313.44

中国版本图书馆CIP数据核字（2019）第022939号

书　　　名	浮世理发馆
作　　　者	（日）式亭三马 著　周作人 译
责 任 编 辑	唐　婧　黄孝阳
出 版 发 行	江苏凤凰文艺出版社
出版社地址	南京市中央路 165 号，邮编：210009
出版社网址	http://www.jswenyi.com
发　　　行	北京时代华语国际传媒股份有限公司　010-83670231
印　　　刷	北京中科印刷有限公司
开　　　本	880 毫米 ×1230 毫米　1/32
印　　　张	8.5
字　　　数	130 千字
版　　　次	2019 年 4 月第 1 版　2020 年 4 月第 2 次印刷
标 准 书 号	ISBN　978-7-5594-3304-6
定　　　价	45.00 元